KB153872

사라지기
전에
　단 하나의
이야기를

사라지기 전에 단 하나의 이야기를

서해문집 청소년문학 017

초판 1쇄 인쇄 2021년 12월 10일
초판 1쇄 발행 2021년 12월 17일

지은이   서연아
펴낸이   이영선
책임편집   차소영

편집   이일규 김선정 김문정 김종훈 이민재 김영아 김연수 이현정 차소영
디자인   김회량 이보아
독자본부   김일신 정혜영 김민수 박정래 손미경 김동욱

펴낸곳 서해문집 | 출판등록 1989년 3월 16일(제406-2005-000047호)
주소 경기도 파주시 광인사길 217(파주출판도시)
전화 (031)955-7470 | 팩스 (031)955-7469
홈페이지 www.booksea.co.kr | 이메일 shmj21@hanmail.net

이 도서는 2021년도 한국문화예술위원회 아르코문학창작기금 지원사업에 선정되어 발간되었습니다.

서해문집
청소년문학
017

사라지기
전에
단 하나의
이야기를

서연아 장편소설

서해문집

차 례

모든 이야기가 시작될 즈음

지구는 부지런히 동쪽으로 몸을 돌렸다. 백년산은 이내 태양 빛이 닿지 않는 곳으로 들어섰다.

호롤롤로- 호롤롤로-

밤의 묘지 위로 휘파람 소리가 울렸다. 요들송처럼 경쾌한 음색이었다. 뚜기들이 시체를 찾아 돌아다니며 내는 소리라는 걸 모를 때에는 어쨌든 그렇게 들린다. 운 좋게 새 무덤을 발견한 뚜기들이 땅을 파기 시작했다. 흙 속에서 관 뚜껑이 나타나면 뚜기들은 더 열광적으로 요들송을 부를 것이다. 시체를 두고 서로 다투는 것이다. 어떤 뚜기는 살을 좋아하고, 어떤 뚜기는 뼈를 좋아한다. 누구는 물렁물렁한 식감을, 누구는 오독오독 씹는 맛을, 누구는 썩어가는 고기 향을 즐긴다. 온전한 시체 하나를 찾아내어 언제 먹을지, 어떻게 먹을지 자기주장을 내세우는 건 취향의 문제를 넘어선 정치의 문제였다. 대개 긁기, 물기, 박치기, 매달리기, 무릎 치기 따위로 권력의 순위가 매겨졌다.

관이 밖으로 끌려 나왔다. 흥분한 뚜기들이 관을 에워싸며 소리를 질렀다. 비쩍 마른 뚜기가 관에 코를 들이댔다. 한참 냄새를 맡더니 뭔가 이상하다는 몸짓을 했다. 옆에 있던 뚜기가 꺽다리를 밀어내고 관 뚜껑을 열었다. 관이 비어 있었다. 뚜기들은 당황한 듯 서로 쳐다보았다. 부패균과 개미와 구더기 무리가 먼저 다녀갔다 해도 이렇게 텅 빌 수는 없는 노릇이었다.

호롤롤로- 호롤롤로- 뚜기들은 펄쩍펄쩍 뛰면서 화를 냈다. 혹시나 하는 마음에 관 뚜껑을 닫았다가 다시 열었다. 시체는 나타나지 않았다.

관을 백만 번 열고 닫는다 해도 사라진 시체가 마술처럼 짠, 하고 나타날 일은 없을 것이다. 불가능한 일이다. 그러나 행방불명된 사체가 (이곳에선 처음 있는 일도 아니지만) 어디로 갔는지 알아보는 것은 가능하다. 시간을 조금 돌리면 되니까. 이야기 속에서 시간을 되감는 일은 종이 뒤집기만큼이나 간단하다.

그날 오후로 돌아가보자.

그날 오후

한낮이었다. 고장 난 에어컨에서도 바람은 나왔다. 누가 입김을 분 것처럼 미지근하고 축축한 바람이었다. 봉고차는 신호등 앞에서 멈춰 섰다. 뒷자리에 실린 관이 안마 의자에 올라탄 듯 덜덜거렸다.

장례식장에서 배추와 쌀 같은 식자재를 들여올 때 사용하던 봉고였다. 계기판은 예전에 25만 킬로미터를 찍은 뒤 망가져 더는 주행 기록을 남기지 않았다. 주인 복은 없어도 일 복은 타고난 봉고가 폐차장으로 들어가기 직전 맡은 임무는 배추가 아닌 관을 나르는 것이었다.

장례식장에서 열여섯 살 여자아이의 시신 수습을 의뢰받은 것이 어제 아침이었다. 보호자가 시신 인수를 거부했기 때문에 아이는 무연고자가 되었다. 아이의 시신은 안치실에서 화장터로 곧장 옮겨질 예정이었다. 시 지원금을 받은 시신이 장례식장 안치실에 오래 머무는 경우는 없었다.

　하필이면 화장터 가마가 고장 났다는 게 문제였다. 빈소를 5일이나 예약한 알짜 손님이 구급차를 타고 장례식장으로 오는 중이었다. 빈소 대여료, 음식비, 차량비, 청소비, 용품 대여비를 일시불로 내놓을 손님을 안치실이 꽉 찼다는 이유로 돌려보낼 수는 없는 일이었다. 아이의 시신이 어떻게든 밖으로 나가는 게 맞았다. 임 상무가 장 씨를 불러 그날 폐차할 예정이었던 봉고차의 열쇠를 건넨 데에는 이런 사정이 있었다.

　"산으로 가라고?"

　장 씨는 대걸레를 한쪽에 세워놓으며 말을 이었다.

　"차라리 J시 화장터로 데려가는 게 깔끔할 텐데. 뭐야, 그 절차에도 화장해야 된다고 써……."

　"거기까지 왔다 갔다 하는 데 기름 값도 안 빠져요. 이미 자리도 다 찼고."

　전화도 안 해봤으면서 네가 어떻게 아느냐고 따지고 싶었지만 장 씨는 참기로 했다. 술김에 상주와 드잡이를 한 지 얼마 되지 않아 말을 잘못했다간 잘릴 위험이 있었다. 아무리 사장 친구라도 봐주는 데는 한계가 있다고 이미 임 상무로부터 경고를 받지 않았던가.

　"서류는 내가 다 알아서 할 테니까 아저씨는 그냥 하라는 대로

하세요."

임 상무는 못마땅한 얼굴로 손을 휘저어 장 씨를 내보냈다.

신호가 바뀌었다. 봉고차가 다시 출발했다. 이 더위에 일꾼도 안 붙여주고 혼자서 삽질을 하라니, 그 삽으로 임 상무의 머리통을 내리쳐도 장 씨는 속이 풀리지 않을 것 같았다. 운전대를 잡지 않은 손으로 소주병을 쥐었다. 반은 벌컥벌컥 들이켰고 나머지 반은 홀짝거렸다. 미지근한 소주가 식도와 위장과 짜증을 쓰다듬었다.

이십 년을 일한 직장이었다. 지금이야 잡일을 하면서 조리실 소주나 축내는 신세지만 예전엔 달랐다. 빈소를 차리고, 염을 하고, 안장하는 일까지 장 씨와 사장 둘이서 도맡아 했다. 그리운 시절이었다. 비록 망자들을 보내며 마신 술 때문에 한 명은 알코올 중독자가 되고, 다른 한 명은 간암 4기로 요양병원 신세를 지고 있긴 하지만. 지난주 병원에 찾아갔을 때 사장은 자꾸 귀신이 보인다고 장 씨에게 하소연했다. 장 씨는 간병인 몰래 소주 몇 병을 넣어주었다. 죽음을 다루던 사람이 술과 인연을 끊으면 안 된다는 게 장 씨의 생각이었다. 끈질기게 찾아오는 망자들을 쫓을 수 있는 건 알코올밖에 없었다.

차가 비포장길로 들어섰다. 도로가 없던 시절, 사람들은 백년산을 타고 마을과 마을을 오갔다. 그때 다져진 길이 지금 봉고차가 굴러가는 길이었다. 에어컨에서 흙내가 올라왔다. 울툭불툭 솟은 돌을 넘을 때마다 차체 바닥이 끽끽 긁혔다. 잠금장치가 고장 난 봉고차 뒷문이 위로 들렸다가 닫혔다. 관은 계속 덜컥거렸다. 자칫하면 낭떠러지로 구를 만큼 좁은 길이었지만 취기가 오른 장 씨는 거침없이 운전했다. 한때 이 낭떠러지 밑에 계곡이 있었다. 맑은 물 철철 흐르는 계곡에서 아이들이 물장구를 치고 놀았다. 오래전, 그러니까 산 건너편에 상수원 댐이 들어서기 전의 일이다. 댐 공사를 하면서 어찌 된 영문인지 계곡물이 말라붙었고 마을도 사라졌다.

모퉁이를 돌자 언덕 위로 거대한 느티나무가 보였다. 저 늙은 나무 뒤에 놀랍게도 평평한 땅이 자리 잡고 있었다. 그곳이 바로 매장지였다. 예전엔 어땠을지 모르나 지금은 돌보는 이 없이 버려진 묘들 사이에 여자아이가 묻힐 것이다.

'그러고 보니 저 나무가…… 그 나무인가?'

장 씨는 궁금했다. 백년산 나무에 얽힌 이상한 이야기 하나가 문득 떠올랐기 때문인데, 어제 뭘 했는지도 모를 만큼 망가진 머리로 수십 년 전에 들었던 얘기를 새삼 기억한다는 사실이 이야기 자체보다 더 이상하긴 했다. 어쨌든 그것은 장 씨가 어릴 적 잠이 안 온다고 보챌 때마다 할아버지가 들려주던 이야기였다. 할아버지와 단둘이 보내는 밤은 길고 지루했지만 그 이야기를 들은 날이면 장 씨는 죽은 듯이 잠을 잤다. 아니면 이불 속에 누워 꿈쩍 않고 죽은 척이라도 했다. 대개는 그러다가 진짜 잠이 들었다. 우라지게 추운 날이었어, 로 시작하는 이야기였다고 장 씨는 기억했다.

무서운 자장가

추운 겨울이었어. 어깨에 커다란 보따리를 걸친 모자 장수가 마을로 들어섰어. 등에는 어린 딸을 업고 있었지. 아이는 깊이 잠들어 있었어.

"모자 사려! 모자 사려!"

모자 장수는 집집마다 돌아다니며 소리쳤어. 하지만 동네 사람 누구도 나와 보지 않았어. 마을을 몇 바퀴나 돌았지만 사람들은 못 들은 척했어. 점심때가 지나고 저녁이 다 되어도 마을은 텅 빈 것처럼 조용했지. 그럴 만한 이유가 있었어. 모자 장수의 딸이 전염병을 앓고 있었거든. 사람들은 혹시 병이 옮지는 않을까 두려워 대문을 꼭꼭 걸어 잠갔던 거야. 지친 모자 장수가 문을 두드리며 부탁했어.

"물 한 사발만 주시오. 밥 한 그릇만 주시오."

하지만 문을 열고 그를 맞이하는 집은 없었어. 아, 어느 담 높은 집 문이 잠깐 열리긴 했다. 문을 박차고 달려 나온 건 사람이 아니라 개였지만. 황소만 한 백구가 쫓아 나오며 모자 장수에게 덤벼들었어. 모자 장수는 아이를 업은 채 계곡을 따라 줄행랑을 쳤지.

뒷산까지 쫓겨 온 모자 장수는 커다란 느티나무 밑으로 갔어. 이제는 늙어 죽고 둥치만 남은 나무에 기대앉아 다리를 살폈어. 개에게 물린 종아리에서 피가 나고 있었지. 해가 지자 날이 더 추워졌어. 배는 고프고, 목은 마르고, 몸은 떨려왔어. 벌써 며칠째 찾아가는 마을마다 이런 대접을 받았어. 따뜻한 곳에서 몸을 녹이면 딸아이의 상태도 좋아질 것 같은데. 따뜻한 음식이라도 먹으면 아이가 금방 일어날 것 같은데. 떠돌이 모자 장수는 마을 사람들의 지독한 인심을 탓하고, 또 아무것도 할 수 없는 자신을 원망했어.

모자 장수는 아이를 꼭 껴안았어. 둘은 나무 둥치에 기대어 잠이 들었어. 가장 길고 가장 추운 밤이었어. 다음 날 새벽 모자 장수가 눈을 떴을 때 아이는 숨을 거둔 뒤였지.

모자 장수는 느티나무 아래에 딸을 묻어주었어. 그러곤 그 옆에 가만히 앉았어. 반나절, 한나절, 하루, 이틀, 사흘…… 꿈쩍도 하지 않았지. 모자 장수는 한꺼번에 늙어버린 것처럼 머리가 하얗게 세었어. 뒤늦게 나타난 마을 사람들이 물도 주고 밥도 건넸지만 거들떠보지 않았어. 모자 장수의 눈은 텅 비어 있었어. 마치 아무것도 보이지 않고, 아무것도 보려 하지 않는 사람처럼. 열흘째 되던 날 밤, 모자 장수는 흔적도 없이 사라져버렸어. 마을 사람들은 그의 행방을 궁금해했지만 곧 잊어버렸지. 마을은 다시 제자리를 찾았어.

　모자 장수가 다시 마을 사람들의 입에 오르내리기 시작한 건 해가 바뀌고 봄이 왔을 때였어. 사람들은 뒷산 느티나무를 보고 깜짝 놀랐지. 죽은 나무둥치에서 새살이 돋으며 가지가 무성해진 거야. 가지 끝에는 꽃송이까지 매달려 있었어. 고사한 줄 알았던 나무가 살아난 것도 이상한 일이지만 나무에 핀 꽃의 생김새는 더 이상했어. 여느 느티나무에 열리는 작은 풍매화가 아니었거든. 눈처럼 새하얗고, 크고, 동그랗고…… 어딘가 모르게 사람 얼굴을 떠올리게 하는 꽃이었지.

　그때부터였어. 마을 아이들이 하나둘 사라지기 시작했어. 사라진 아이들은 다시는 돌아오지 않았지. 그 아이들의 수만큼 느티나무의 꽃이 늘어갔어. 감나무 집 아이가 사라진 다음 날엔 그 집 아이를 닮은 복스러운 꽃이 피어났고, 녹색 대문 집 아이가 사라진 다음 날엔 개구쟁이를 닮은 꽃이 피어났어.

　이제 아이들은 더 이상 밖에 나가 놀려고 하지 않았어. 밖에 있더라도 해가 지면 쏜살같이 집으로 달려가 문을 잠갔지. 그래도 다음 날이면 꼭 누군가가 사라졌어. 이런 일이 어떻게 일어났을까?

　악몽 같은 밤을 보내고 운 좋게 살아남은 아이들이 있었어. (많지는 않았어.) 그 아이들은 밤중에 누군가 자기 방을 서성거리는 것을 보았다고 했어. 둥근 모자를 쓴 노인이었다지. 지팡이를 손에 쥔, 앞을 보지 못하는 노인이 더듬더듬 방을 뒤지더라는 거야. 아이들은 노인에게 들키지 않기 위해 꼼짝 않고 (숨도 쉬지 않고) 누워 있었대. 그래, 바로 그 노인이었어. 밤마다 느티나무 언덕에서 내려와 동네 아이들을 데려간 게.

둥근 모자를 쓴 노인은 장님이지만 세상 누구보다 아이들을 잘 찾아내. 지팡이로 바닥을 두들기며 아이들이 있는 곳을 한 집 한 집 돌아다니는 거야.

오래전에 죽었던 느티나무에 보름달처럼 하얀 꽃이 걸리면, 쉬익 쉬익- 바람 소리가 들리고, 딱 딱 딱- 지팡이 소리가 들리고, 휴우- 거친 숨소리가 들리고, 드르륵 방문을 여는 소리가 들리고, 마침내 둥근 모자가 보이겠지. 둥근 모자는 방문 앞에서 아이를 부를 거야.

"아가야! 아가야! 착하지. 대답해, 아가야!"

문턱을 넘으면서 다시 한 번 불러보는 거야.

"어디에 있니?"

어둠뿐인 방 안을 더듬더듬 돌아다니며,

"아가야! 이제 그만 나오렴. 나랑 같이 가자."

지팡이로 허공을 휘휘 저어볼지도 몰라. 옷장을 벌컥 열지도 몰라. 책상 밑에 얼굴을 들이밀어볼지도 몰라. 하지만 소리를 지르거나 움직여서는 안 돼. 끝까지 모른 척하는 거야. 그러면 둥근 모자는 조용히 제자리에 멈춰 설 거야. 그러고는 아이의 숨소리를 들으려고 귀를 세우겠지. 천천히 아이가 있는 쪽으로 몸을 돌릴 거야. 지팡이를 짚고 한 걸음 한 걸음 다가올 거야.

숨이 막힐 것처럼 무섭겠지. 몸이 마른 풀잎처럼 떨리겠지. 그래도 참아야 해. 조용히 자는 척해야 해. 둥근 모자가 이불을 들춰도 몸을 움츠리거나 떨면 안 돼. 둥근 모자가 베개를 흔들어도 눈을 뜨거나 고개를 돌리면 안 돼. 둥근 모자가 얼굴을 가까이 들이대도 숨을 몰아쉬어서는 안 돼. 둥근 모자의 손이 얼굴을 스친다 해도 절대로, 절대로 소리를 내서는 안 돼.

그런다면, 만약 그렇게 된다면, 둥근 모자의 손이 곧장 너를 채 갈 거야. 넌 소리조차 지르지 못하겠지. 둥근 모자는 너를 옆구리에 끼고 느티나무 언덕으로 올라갈 거야. 지팡이를 짚고 있는데도 어찌나 빨리 걷는지 정신이 없을 거야. 느티나무 잎들은 비처럼 떨어지고, 나뭇가지들은 미친 듯 흔들리겠지. 흙을 움켜쥔 뿌리는 짐승처럼 울어댈 테지. 어서 너를 데려오라고, 자기 곁에 묻어달라고, 외롭다고. 뿌리 끝에서 흐느끼는 소리는 어느새 어린 여자아이의 목소리로 변해 있을 거야.

"미안하다, 내 아가. 넌 혼자가 아니야."

둥근 모자는 느티나무에게 말할 거야.

"외롭지 않게 친구를 데려왔단다."

그러고는 흙을 파내기 시작하겠지. 네겐 그 어떤 악몽보다 끔찍

한 밤이 될 거야. 마침내 밤이 지나갔을 때에는, 너를 닮은 꽃 한 송이가 새로 피어나 있을 거야.

그러니 애야(복남아, 복순아, 아무개야), 잊지 말고 내 말을 들어. 오늘 밤엔 조용히 잠을 자는 거야.

딱 딱 딱, 지팡이 소리가 나기 전에 얼른 잠자리에 들어야 해. 무슨 소리가 들리더라도 움직이거나, 눈을 뜨거나, 소리를 내서는 안 돼.

둥근 모자가 널 찾을 수 없도록…….

장 씨가 보지 못한 것은

　이야기가 산으로 갔지만 관이 가고 있는 곳도 그곳이므로 크게 걱정할 일은 아니었다. 힘 빠진 봉고차는 답답할 정도로 느리게 그러나 쉬지 않고 덜덜거리며 느티나무로 향했다. 고물 소리가 점점 신랄해진다는 것만 빼면 모든 게 수월했다. 이제 언덕만 넘으면 끝이다. 장 씨는 소주병을 내려놓고 정신을 집중해 액셀을 밟았다 뗐다 마지막으로 힘껏 밟았다. 간신히 정점을 찍은 차가 늙은 나무 주위를 크게 돌아 반대편 내리막길로 들어서기 직전이었다. 차 앞으로 검은 형체가 불쑥 튀어나왔다. 장 씨는 식겁해서 핸들을 꺾었다. 욕이 나온 게 먼저인지 차가 기우뚱한 게 먼저인지 알 수 없었다. 중심을 잃은 차체가 완전히 뒤집혔다. 관은 뭉개지기 일보 전에 뒷문으로 튕겨져 나가 내리막에서 미끄럼을 탔다. 유리창 깨지는 소리와 함께 차의 시동이 완전히 꺼졌다. 장 씨는 눈을 감고 가만히 앉아 있었다. 술기운이 달아나면서 정신이 말짱해졌다. 방금 벌어진 일을 곱씹어보았다. 견인차를 먼저 부르거나 임 상무에게 전화를 걸어 지랄 지랄하는 소리를 먼저 듣거나 해야 했다. 그러느니 차라리 뒤처리를 미루며 기절한 척하는 게 나을 듯싶었다.

수풀을 헤치고 다가오는 발소리가 들렸다. 발은 차 앞에 멈춰 섰다. 창문 밖으로 보이는 발목이 불에 탄 것처럼 새까맸다. 장 씨는 꼼짝하지 않았다. 숨도 쉬지 않았다.

딱, 딱, 딱. 막대기 같은 다리가 차를 두드렸다. 장 씨의 얼굴에서 진땀이 흘렀다. 장 씨는 둥근 모자를 생각하고 있었다. 둥근 모자를 빼고는 아무것도 떠오르지 않았다. 어린 장 씨에게 둥근 모자는 나무에 사는 귀신이었다. 커서는 연쇄 살인마였다. 질병이고, 악몽이고, 죽음이었다. 무엇이 됐든 기분 나쁜 존재였다. 장 씨는 소리 죽여 신음했다. 의자 사이에 낀 어깨에서 지독한 통증이 느껴졌다. 입안에서 피 맛이 났다. 두개골이 깨질 것 같았다. 귀신이라니, 환한 대낮에 귀신이라니. 돌겠군. 사장처럼 미친 게 틀림없다고 장 씨는 생각했다. 미치고 병들어 요양원에 갇히느니 이 자리에서 죽어버리는 게 나았다. 딱, 딱, 딱! 차 반대쪽에서 막대기 소리가 다시 들렸다. 딱, 딱…… 소리가 점점 멀어졌다. 눈앞이 흐려졌다. 장 씨는 정신을 잃었다.

깨진 유리창 사이로 바람이 불었다. 기울어진 차 안으로 햇볕이 쏟아졌다. 장 씨는 찢어진 입술을 핥으며 눈을 떴다. 의자에 박힌

어깨를 빼고 밖으로 기어 나왔다. 차가 구른 것은 생각나는데 나머지 것들은 하나도 기억이 나지 않았다. 견인차를 부를까 아니면 임상무에게 전화를 할까 고민하다가 장 씨는 뒤늦게 관을 생각해냈다. 부랴부랴 봉고차 뒤로 갔다. 문이 활짝 열려 있었다. 뒷자리는 비어 있었다. 아찔한 심정이었다. 장 씨는 주변을 둘러보았다. 관이 보이지 않았다. 깨진 관 조각 같은 것도 없었다. 차가 구른 자리를 한참 동안 서성이다가 장 씨는 느티나무로 발걸음을 옮겼다. 나무 그늘로 들어서자 오싹한 한기가 느껴졌다. 주위를 살피던 장 씨는 깜짝 놀라 할 말을 잃었다. 어떻게 된 일인지 관이 저 아래 매장지까지 내려가 있었다. 뒤집히지도 않았고 부서진 곳도 없이 말짱해 보였다. 천운이었다.

흙은 딱딱하지 않았고 힘없이 부서지지도 않았으며 돌이 섞여 있지도 않아 파기 좋았다. 누가 처음 여기에 죽은 이들을 묻기 시작했는지 몰라도 그늘이 진다는 점만 빼면 완벽한 묘지였다. 장 씨의 삽질이 빨라졌다. 작은 구덩이 하나가 완성되었다. 얇은 판자때기나 다름없는 싸구려 관이 들어갔다. 아침만 해도 끔찍하게 무거웠던 관이 웬일인지 가뿐했다. 이승에 미련 둘 곳 없는 육신이 벌써 삭았나 싶어 장 씨는 혀를 쯧쯧 찼다.

흙이 올라갔다. 아담한 봉분이 만들어졌다. 장 씨는 관 속에 누워 있는 고인에게 마지막으로 인사를 했다. 빈소도 없이 안치실에서 매장지까지 고속도로를 탄 아이였다. 가족은 아예 나타나지 않았고 친구로 보이는 노랑머리 두 명만 안치실 앞을 얼쩡거리다가 임 상무에게 쫓겨났다. 이번 생엔 운이 안 좋았다.

"고인의 명복을 빕니다."

장 씨는 쓸쓸한 소주 맛을 느끼며 자리에서 일어섰다.

산을 떠나기 전에 봉고에게도 마지막 인사를 했다. 생각해보니 폐차장으로 갈 차를 일부러 견인하는 것도 웃긴 일이었다. 오는 길에 누구한테 줘버렸다고 하면 임 상무도 별말 안 할 것이다. 모든 일이 잘 풀렸다. 장 씨는 연장을 챙겨 산을 내려갔다. 홀가분한 마음이었다. 방금 묻은 관이 실은 텅 빈 관이라는 사실을 꿈에도 몰랐기 때문이다. 차에서 튕겨 나갈 때 관이 엄청난 소리를 내며 한 바퀴 굴렀다는 것도, 관 뚜껑이 열려 (부서지지 않은 건 정말 기적이었다.) 송장이 빠져나갔다는 것도, 송장이 늙은 나무 쪽으로 굴러갔다는 것도, 나무 밑 구멍 속으로 떨어져 감쪽같이 사라졌다는 것도, 그리하여 뚜기들이 빈 관을 앞에 두고 분통을 터뜨리리라는 것도 장 씨는 당연히 알지 못했다.

노인은 처음부터 노인이었다

아주 오래된 구멍이었다. 해골들로 이미 만원인 구덩이 속에 한 구의 시신이 굴러떨어졌다. 누군가의 골반뼈 위에 안착한 시신은 한 번 더 굴러 흙바닥에 자리를 잡았다. 늙은 나무뿌리가 커튼처럼 매달려 있는 흙벽이 흔들리면서 구덩이가 조금 넓어졌다. 이 모든 일이 빠르게, 그러나 누구도 눈치채지 못할 만큼 교묘히 이루어졌다.

노인은 구덩이 밖 나무 밑동에 기대어 앉았다. 새 둥지를 엎어 쓴 듯한 모자 밑으로 보이는 낯빛이 어두웠다. 노인은 지칠 대로 지쳐 있었다.

마른 밤하늘에 또 날벼락이 쳤다. 산에서 벼락을 맞은 나무는 느티나무뿐이었다. 가장 길고 튼튼한 나뭇가지가 부서져 내렸다. 수백 살을 넘긴 나무는 그래도 풍성해 보였으나 그건 늙은 나무를 자세히 들여다보지 않은 탓이었다. 나무 속은 온통 긁히고 쪼개지고 불에 그슬린 자국으로 가득했다. 천둥 번개는 늘 느티나무만 겨냥했다. 온 숲에 단비가 내리는 날에도 느티나무엔 비 한 방울 떨어지지 않았다. 이런 일이 왜 벌어지는지 나무는 잘 알고 있었다.

"하늘의 뜻을 거스른 벌이지."

노인이 중얼거렸다.

"아무도 내가 하는 짓을 달가워하지 않아."

노인의 다리에서 피고름이 흘렀다.

"하지만 어쩔 수가 없었어. 누구에게든 한 번은 기회가 있어야 하잖아. 안 그래?"

돌에 찍힌 자리가 자꾸 벌어졌다. 시체를 놓쳐 화가 난 뚜기들이 한바탕 난리를 치는 바람에 생긴 상처였다. 지난번에는 같은 곳에 번개가 튀어 숯덩이가 될 뻔했다. 노인은 까맣게 탄 다리 위로 덧난 상처를 가만히 감쌌다.

"참 웃긴 일이야. 뿌리 밑으로 시체가 굴러 들어왔는데도 양분이 되질 않으니. 오히려 내가 저 주검의 먹이가 되고 말 거야. 아욱."

노인은 고통을 참으며 이를 악물었다. 누구도 원망할 생각이 없었다. 하늘이 내린 벌이라면 달게 받을 참이었다. 죽음을 죽음으로 그냥 놔두지 않은 자의 죄가 컸다.

노인은 과거를 떠올리려고 애썼다. 마을 사람들이 수백 년 장수의 염원을 담아 백년나무라고 부를 만큼 한때 나무도 사랑받았던 적이 있었다. 느티나무는 비밀 연애를 하는 연인들의 약속 장소였고, 술래가 된 아이들의 집이었다. 추운 겨울 사냥을 나온 사람들은 나무 앞에 모닥불을 피워놓고 옹기종기 둘러앉았고, 아이들은 느티나무 언덕으로 눈을 퍼 날라 썰매 길을 만들었다. 바로 어제 일 같다는 생각이 들었다. 그러나 썰매를 지치던 아이들이 백골이 되어 누워 있으니 지나도 한참 지난 옛일이었다.

'저 아이도 갓난아기일 때가 있었지.'

노인에겐 그런 시절이 없었다. 노인은 태어난 그 순간부터 노인이었다. 노인은 걷거나 말하는 법을 배운 적도 없었고, 씨앗이나 새싹이었던 적도 없었다. 어느 날 늙은 나무에서 스스로 깨어나 움직이고 말을 했을 뿐이다. 오래된 나무다리가 삐걱대는 것처럼, 오래된 집이 혼자 부스럭거리는 것처럼, 오래된 우물이 저절로 출렁거리는 것처럼 말이다. 때때로 아주 늙은 것들은 성(性)과 종(種)을 상실하고 완전히 다른 존재가 되기도 한다. 살아 움직일 수 없는 것들이 시간을 먹고 살아 움직이게 되는 것이다. 그것이 자신의 존재에 대해 노인이 내린 결론이었다. 그러니 사람들이 사랑한 건 노인이 아니라 그저 순수한 나무 한 그루였는지도 모른다.

산속의 여름밤이 깊어가고 있었다. 시체 사냥꾼들이 떠나고 천둥 번개가 물러간 자리에 고요함만이 남았다. 노인은 힘겹게 일어서서 난장판이 된 주변을 청소하기 시작했다. 한 걸음 한 걸음 내

디딜 때마다 다리가 끊어질 듯 아팠다. 생살이 쏙쏙 파 먹히는 기분이었다. 하지만 노인은 멈추지 않았다. 곧 다가올 백년나무의 시간을 위해서였다. 노인은 돌덩이를 치우고 불탄 나뭇가지들을 멀리 내던졌다. 절룩거리며 묘지로 내려가 봉분을 정리했다. 백골이 들어 있어야 할 관들은 텅 비었다. 주인 없는 밤의 묘지가 휑하게 느껴졌다.

외로움이 노인의 가슴을 거칠게 쓸었다. 노인은 구덩이 속 주검이 어서 깨어나기만을 바랐다. 누군가 옆에 있다면, 곁에서 말을 걸어준다면. 하지만 아직은 때가 아니다. 바람은 한 방향으로 부는 법이 없다. 이야기도 그렇다. 온종일 산으로 올라온 이야기가 이제 방향을 바꿔 내려갈 차례였다.

산호는 벼랑에 선다

"내 이름이 수습이냐? 왜 말끝마다 수습, 수습이야."

산호는 백현우가 닫고 나간 사무실 문을 노려보며 중얼거렸다. 문 옆에 달린 시계가 열한 시 오십오 분을 가리켰다. 점심시간 딱 오 분 전. 배꼽 아래에서 조용히 화가 끓어올랐다. 입술이 염불하듯 움직였다.

"재수 없어. 일개 지역신문 기자인 주제에. 명함에 기자라고 박혔다고 진짜 저널리스트로 착각하는 모양인데, 콧구멍을 한 개 더 뚫어줘야 정신을 차리지. 혼자 좌담회에 간다고? 오늘도 늙은이들이랑 횟집에서 모이는 거지, 취재 같은 소리 하시네."

산호는 숨이 찰 정도로 혼잣말을 퍼부었다. 그러나 정작 하고 싶은 말은 아직 꺼내지도 않았다. 시계가 정각 열두 시를 가리켰다.

"점심시간에 나갈 거면 미리 말을 해줬어야지. 나 혼자 먹으라고? 아, 짜증 나."

선미식당 김치찌개 백반이, 두툼한 달걀말이가 눈앞에 아른거렸다. 길 건너에 있는 그곳은 배달도, 포장도 해주지 않았다. 혼자 식당에 앉아 백반을 먹을 수는 없었다. 산호가 세상에서 가장 싫어하는 게 처량해 보이는 것이었다. 'DY지역신문 수습기자'란 명찰만으로도 이미 초라함의 한계치에 도달하지 않았는가. 또 짜장면을 시켜 먹어야 하나 고민하다가 산호는 캐비닛에서 컵라면을 꺼냈다.

입사한 지 두 달이 지났다. 오랜 백수 생활의 외로움도 이제 끝났나 싶었다. 그게 아니었다. DY지역신문사는 전 직원이 따로 노는 회사였다. 회식은커녕 다 같이 모여 점심을 먹은 적도 없었다. 산호는 신문사의 유일한 기자인 백현우와 가까워지길 기대했지만 현재로선 물통과 친해지는 게 더 빠를 듯했다. 백현우는 심하다 싶을 정도로 혼자 노는 인간이었다. 오늘처럼 취재 일정이 확실한 날 말고는 사장조차 백현우가 어디서 뭘 하는지 몰랐다. 사회성이 아무리 떨어진다 해도 직속 후배인 산호에게 술 한 잔, 밥 한 끼 정도는 사는 게 맞지 않나.

지금까지 산호는 백현우에게 (물통 갈아 끼우는 법, 믹스커피와 사발면을 사서 캐비닛에 채우는 법과 함께) 시군청이나 조합에서 받은 이메일로 보도자료 만드는 법을 배웠다.

"쭉 긁은 다음 복사해서 여기 보도자료 파일에 갖다 붙여."

그게 끝이었다.

"더 할 일 없어요?"

물통을 갈고, 편의점에서 장을 보고, 이메일을 복사해 붙이고 나서도 산호는 시간이 남아돌았다. 하지만 백현우는 업무를 더 가르쳐줄 생각을 하지 않았다. 마음이 콩밭에 가 있는 것 같았다. 산호는 자주 빈 사무실을 지켰다. 집에서나, 밖에서나 혼자인 건 마찬가지였다.

집에서도 물리도록 먹는 사발면으로 기분 나쁘게 허기를 채우고 난 뒤 산호는 소파에 벌렁 누웠다. 디자이너는 외주를 쓰고, 광고는 사장 남동생 둘이, 총무는 사장이 직접 맡아 하는 작은 사무실에 6인용 가죽 소파는 과한 물건이었다. 화장실에 가거나 커피를 타러 갈 때마다 고래 등 같은 소파를 돌아서 가야 하는 불편함이 있었다. 하지만 이렇게 혼자 낮잠을 잘 때는 요긴하게 쓰였다. 쿠션에서 사장의 향수 냄새가 쏙쏙 올라왔다.

사장 역시 좌담회인지 생선회인지에 참석하러 갔다. 사실 그 모임의 주도자가 사장이었다. 시의원, 복지재단 이사장, 학교 이사장, 사업가 같은 지역 유지들이 참여하는 모임의 공식 명칭은 '불청모(불우한 청소년을 위한 모임)'. 한 달에 한 번 참석자들의 사진과 좌담 형식의 기사가 신문에 실렸다. 지난달에는 과거 불량 청소년이었다가 개과천선했다는 젊은 고깃집 사장 왕형호가 새 회원이 되었다. 그는 갈 곳 없는 청소년들을 자신의 가게에 취직시켜 돕는다고 했다. "비행 청소년들에게 진짜 날개를 달아줘야지요!"라는 그의 말이 기사의 표제로 사용되었다. 실은 왕사장의 입이 아닌 백현우의 자판에서 탄생한 문구였지만. 신문에 실린 좌담회 내용이 거의 다 백현우의 창작물이라는 사실은 그리 중요하지 않았다. 중요한 건 지역 유지들의 얼굴과 이름이 지면에 몇 번 나오느냐는 것과 다음 달 신문사가 직간접적으로 받을 광고가 몇 건이냐는 것이었다.

산호는 까무룩 잠이 들었다가 전화벨 소리에 벌떡 일어났다. 소파에서 헤엄치듯 빠져나와 수화기를 붙잡았다.

"네, DY지역신문사입니……."

"나 백현우야."

"아, 네, 응."

"뭐라고 하는 거야. 바쁘니까 용건만 말할게. 지금 대방호에 갔다 와. 여학생이 자살해서 경찰이 수사 중이라니까. 사진 꼭 찍고. 방 수습, 핸드폰 화소가 어떻게 되지?"

"제 거 구형인데……."

"아아, 그럼 내 서랍에 있는 카메라로 찍어. 경찰 철수하기 전에 빨리 가서 인터뷰 따고. 알았지? 끊어."

"잠깐만요."

"왜?"

"대방호까지 버스 타고 가요?"

"차 없어?"

"없는데."

"에이, 택시 타고 가. 갔다 와서 사장님한테 영수증 올려야지 뭐."

"……내가 차가 없다는데 네가 왜 신경질이냐? 없는 내 인생에 뭐 보태준 거 있어?"

산호는 끊긴 전화에 대고 큰소리친 뒤 수화기를 내려놓았다. 백현우의 책상 서랍을 뒤지며 지금까지 들은 말을 중얼거렸다.

"대방호, 대방호, 현장 사진, 인터뷰, 택시 영수증 챙기고…… 대체 카메라가 어디 있다는 거야."

산호는 은근히 들뜬 마음이었다. 입사 두 달 만에 첫 취재를 나가게 된 것이다. 전에 백현우가 부녀회 봉사 활동을 취재하는 데 (딱 한 번) 따라간 적은 있지만 진짜 사건 현장은 처음이었다. 배운 것도 없이 혼자 나서도 될까 걱정도 됐지만 흥분된 마음이 앞섰다.

'자살했다면 뭔가 이유가 있겠지. 왕따? 성적? 가정환경? 남자친구?'

산호는 택시를 타고 가면서 머릿속으로 기사를 써 내려갔다.

택시는 대방호 입구에서 멈췄다. 산호는 '수습기자'가 보이지 않도록 명찰을 뒤집으며 주변을 둘러보았다. 대방호는 조용했다. 구경꾼도, 경찰차도, 구급차도, 울부짖는 피해자 가족도 없었다. 이상하게도 놀랍지 않았다. 사실 대방호 산책로는 자살을 하러 찾을 만한 곳이 아니었다. 백현우의 전화를 받았을 때 산호에게 맨 먼저 떠오른 장소는 훨씬 위쪽이었다. 산호는 산책로를 벗어나 상수원 보호 구역으로 향했다. 경사가 심한 도로를 따라 오백 미터 정도 걷자 출입금지 경고판이 보였다. 뒤로는 높은 철조망 담이 있었다.

개구멍을 통해 들어가면 빠르겠지만 산호는 당당히 출입구를 이용하기로 했다. 마침 관리자로 보이는 삼십대 중반의 남자가 보호 구역에서 나오고 있었다.

"저기요!"

산호가 빠른 걸음으로 다가갔다.

"선생님, 여기가 자살 사건 있는 곳 맞죠?"

남자는 말없이 산호를 아래위로 훑어보았다. 산호는 제대로 찾았다는 걸 직감했다. 그렇다면 투신이 분명했다.

"저, DY신문 기자인데요. 사건 취재하러 나……."

"어제 사고 나고, 경찰 조사도 다 끝났는데 뒤늦게 뭐 하러 와요?"

"네?"

산호는 당황했다. 방금 들은 소식이기에 당연히 오늘 일어난 사건이라고 믿었는데. 백현우가 뭔가 잘못 알고 뒷북을 친 게 분명했다.

"알고 있습니다."

산호는 뻔뻔하게 말했다.

"현장 사진을 못 찍어서요. 사진만 좀 찍고 갈게요."

"아, 안 돼요. 나 지금 회사에 들어가야 돼."

남자는 커다란 철문에 자물통을 채우기 시작했다.

"잠깐이면 돼요."

"안 된다니까. 나한테 누구 출입시킬 권한도 없고."

남자는 트럭에 올라타더니 서둘러 떠나버렸다. 차 번호판 위로 '유로산림'이라는 상호가 붙어 있는 걸 보니 보호 구역 내 산림을 관리하는 회사 직원인 모양이었다. 산림 말고 인격도 좀 관리하시라고, 좀 친절하면 어디 덧나냐고 산호는 눈으로 욕을 했다.

트럭이 완전히 사라진 걸 확인한 뒤 산호는 철문을 힘껏 밀었다. 잘하면 헐렁거리는 문틈으로 몸을 밀어넣을 수 있을 것 같았다. 하지만 카메라가 떨어지거나 긁힐 염려가 있었다. 산호는 백현우를 저주하며 개구멍으로 내려갔다. 첫 취재부터 개구멍 신세라니 믿을 수 없었다.

능숙한 솜씨로 개구멍을 통과한 산호는 숲을 뚫고 곧바로 벼랑으로 올라갔다. 벼랑은 대방호를 사이에 두고 백년산과 마주 보고 있어 경치가 좋았다. 왼쪽 벼랑 끝에서 뛰어내리면 사망 확률 백 퍼센트였다. 자살하려는 사람에게 이런 완벽한 장소는 흔치 않았다. 경전철 공사 현장이나 쇼핑센터 옥상 같은 곳은 높긴 해도 접근성이 떨어졌다. 아파트 베란다에서 떨어지거나 차도에 뛰어들거나 호수에 빠지거나 목을 매거나 약물을 사용하는 것도 백 퍼센

트와는 거리가 멀었다. 오히려 오래오래 병원 신세를 지게 될 확률이 높았다. 산호가 그간 연구해보고 내린 결론이었다.

산호는 카메라를 꺼냈다. 바위에 남은 경찰 통제선의 흔적을 빼면 사건 현장이라고 볼 수 없을 만큼 한가한 풍경 사진이 나왔다. 한 사람의 목숨이 사라진 곳도 하루면 제자리를 찾는다고 생각하니 쓸쓸한 기분이 들었다. 산호는 왼쪽 벼랑 끝에 섰다. 여자아이의 심정이 어땠을지 상상하며 발밑을 내려다보았다. 아이의 시신이 떨어진 지점이 어디인지 알 수 없었다. 시신을 발견한 장소에 경찰이 표시를 했을 텐데 이상한 일이었다. 산호는 벼랑 끝을 따라 조심스럽게 걸음을 옮겼다. 표식은 놀랍게도 오른쪽 벼랑 밑에 있었다. 자살을 한다면 왼쪽 벼랑 끝에 서서 깔끔하게 떨어지는 쪽을 선택하는 게 당연했다. 높이도 훨씬 낮고 바위들이 들쭉날쭉 튀어나와 있는 오른쪽 벼랑이 아니라. 혼자서 몇 번이나 이곳을 찾았던 산호는 도무지 이해가 되지 않았다.

미소는 느낄 수 없다

눈을 떴을 때 보이는 건 현실이고, 눈을 감았을 때 보이는 건 상상이다. 그럼 이것은 도대체 뭘까? 미소의 눈앞에 있는 건 현실이 아니었다. 상상도 아니었다. 이런 장면은 현실에서도, 상상 속에서도, 환각 상태에서도 본 적이 없었다. 뼈만 앙상하게 남은 여자가 미소를 쳐다보고 있었다.

"아가야!"

'야'에서 멈춘 입 사이로 보이는 누런 이가 날카로웠다. 여자가 팔을 벌리고 다가오자 미소는 자기도 모르게 뒤로 물러섰다. 차가운 흙벽이 등에 닿았다. 더는 갈 곳이 없었다. 여자의 몸에서 뼈가 달그락거리는 소리가 들렸다.

"내 아가!"

여자는 미소를 안았다. 감촉도, 온기도 없는 포옹이었다.

"가자. 나랑 같이 가자."

여자가 꼬챙이 같은 손을 내밀었다.

미소는 여자의 손을 잡은 기억이 없었지만 어느새 그 뒤를 따라 걷고 있었다. 발은 중력 없는 그림자처럼 움직였다. 여자의 하얀 버선발 역시 소리 없이, 무게감 없이 지면을 떠다녔다.

밖은 온통 빛의 세계였다. 달빛이 너무 밝아서 정신을 차릴 수가 없었다. 겨우 앞을 볼 수 있게 되었을 때 미소는 자신이 거대한 나무 아래에 서 있으며 방금 흙구덩이에서 빠져나왔다는 사실을 깨달았다. 그 와중에도 느티나무를 둘러싼 밤 풍경은 아름다웠다.

'아름답다…….'

속으로 되뇌고 나니 갑자기 모르는 단어처럼 낯설었다. 아름다운 게 어떤 건지 종잡을 수 없었다. 좋은 의미일 거라고 짐작했다. 그런데 좋다는 건 어떤 느낌일까? 뭐가 좋은 거고, 뭐가 나쁜 거지?

"괜찮아."

여인이 해골 속 이를 딱딱 부딪치며 미소에게 말했다.

"두려워하지 마."

여자의 목소리가 떨렸다. 여자는 애써 웃으려고 하는 것 같은데 그럴수록 괴상한 얼굴이 되었다. 미소는 두려운 게 어떤 건지 떠올려보려고 했다. 벼랑으로 한 걸음씩 다가가던 그 순간을 생각했다. 캄캄한 밤, 답 없는 미래. 이제 어떻게 해야 하냐고, 제발 알려달라고 세상의 모든 신에게 처음으로 기도했던 날이었다. 하늘에 빛나던 별, 바람, 냄새, 소리…… 소용없었다. 미소는 아무 감정도 느낄 수가 없었다.

미소에게 현실은 늘 피곤했다. 잘 때 꾸는 꿈은 괴롭기만 했다. 지금은 고단하지도, 고통스럽지도 않았다. 그저 막연할 뿐이었다. 이게 현실도 아니고, 악몽도 아니라면……. 미소는 그제야 깨달았다.

'죽은 거구나.'

산호는 질문한다

산호는 네 시가 조금 넘어 사무실로 돌아왔다. 풍경 사진 몇 장이 담긴 카메라와 택시 영수증을 백현우에게 내밀었다. 자기가 실수한 게 있어서인지 백현우는 아무 말이 없었다. 사진을 확인하며 쯥, 쯥, 못마땅한 소리를 내던 백현우가 어딘가로 전화를 걸었다.

"안녕하셨어요? 백 기자입니다. 네. 요즘 좀 바빴어요."

백현우는 핸드폰을 어깨에 얹어놓고 노트북 자판을 두드릴 준비를 했다.

"대방호 건이요, 그거 경장님이 출동하신 거 맞죠? 네. 출장 때문에 현장에 바로 못 갔어요. 네. 아…… 사고 시각이, 네, 어느 학교, 아, 소지품은요? 다른 특이사항은……. 네."

백현우의 손가락이 빠르게 자판 위를 돌아다녔다. '언제 술 한잔하시죠'라는 말을 끝으로 수화기를 내려놓았을 땐 사회면에 들어

갈 단신이 완성되어 있었다.

퇴근 무렵 산호는 신문사 웹사이트에서 기사를 확인했다.

[8월 17일 새벽 D시와 Y군 경계에 위치한 대방호 상수원 보호구역에서 학생(여, 만 16세)의 시신이 발견되어 주변을 안타깝게 하고 있다. 경찰 조사 결과 특별히 의심 가는 상황이 없는 것으로 밝혀졌으며 현재 장례 절차가 진행 중이다.]

자살에 대한 직접적인 언급은 없었지만 누가 봐도 여학생이 스스로 목숨을 끊었다는 사실을 쉽게 짐작할 수 있는 기사였다.

"저기요…… 선배님."

산호가 말했다.

"이거, 자살이 확실한가요?"

백현우는 대답이 없었다. 노트북이 부담스러워할 정도로 얼굴을 가까이 들이대고 뭔가를 쓰고 있었다. 무척 바쁜 듯했지만 그게 아니더라도 백현우는 기분이 내킬 때만 산호의 말에 대꾸하는 못된 버릇이 있었다.

"자살 동기가 뭐예요?"

"……."

"선배님도 모르시나요?"

산호가 덧붙인 말에 자존심이 상했는지 백현우가 고개를 들었다. 그러고는 신문 기사를 읊듯 말했다.

"이미소. 여자. 만 16세. 한 살 때 S보육원에 보내졌다. 두 번 입양 갔고, 두 번 파양 당했다. 그중 한 번은 도벽이 원인이었다. 6학년 때 생활지도원을 폭행한 뒤 J복지재단으로 옮겼다. 중학생 때 폭력 및 절도 혐의로 잡힌 뒤 훈방된 적이 있다. 수차례 정학을 당했다. 올해 보름고등학교에 입학해 4월까지 학교에 다녔다. 사건 당일 들고 있던 가방에서 소주병과 담배 그리고 소량의 메스암페타민이 발견되었다."

"……."

"불우한 환경, 비뚤어진 성격, 도벽, 폭력 성향, 잘못 사귄 친구들, 마약 중독, 희망 없는 미래, 우울증. 뭐, 이쯤 하면 동기는 충분하지 않아?"

충분했다. 산호는 하마터면 나라도 그랬을 거라고 말할 뻔했다. 백현우가 거침없이 쏟아낸 팩트에 의문을 제기하는 건 불가능해 보였다.

"그래도 부검을 하지 않았으니 확실한 사인은 모르는 거잖아요."

이렇게 말한 건 그저 백현우에 대한 반발심 때문이었다.

"저 정도면 충분히 자살할 만하다, 라고 섣불리 판단 내리는 건 교만한 생각입니다. 유서도 없었잖아요."

백현우는 의외라는 표정을 지었다. 용기를 얻은 산호가 말했다.

"자살하려고 했다면 높은 동쪽 벼랑에서 뛰어내려야지 왜 굳이 낮은 서쪽 벼랑에서 뛰어내렸을까요?"

백현우는 산호의 얼굴을 찬찬히 뜯어보았다. 하도 대놓고 쳐다보는 바람에 산호의 얼굴이 벌게졌다. 백현우가 말했다.

"캄캄한 밤에, 그것도 혼자 벼랑을 찾아갈 다른 이유가 있을 거라고는 생각하지 않는데. 서쪽이고 동쪽이고 어둠 속에선 다 같아 보였겠지. 절박함 때문에 그런 걸 따져볼 여유도 없었을 테고. 경찰 조사, 승인 다 끝난 사건이야. 지금쯤 시신은 화장터에 있을 거라고. 이렇게 단순하고 확실한 뉴스에 의문을 제기하는 건 시간 낭비야."

'하긴.'

바보 같은 생각이었다.

"다만……."

백현우가 갑자기 목소리를 낮췄다. 둘 말곤 아무도 없는 사무실에서 쓸데없는 짓을 한다고 생각하면서도 산호는 귀를 기울였다.

"J보육원에서 시신 인수를 거부했어. 이유가 뭔지 궁금해."

그게 여학생의 죽음과 상관이 있는 건지 산호는 오히려 궁금했다.

"보육원에 없는 아이라고 하더래. 시신을 인수할 의사가 없는 거라고 간주한 경찰은 아이를 무연고자로 처리했고. 겨우 열여섯 살짜리가 연고지가 없다는 게 말이 돼? 이건 시스템의 문제라고."

백현우는 알아듣지 못할 말을 중얼거리며 노트북을 닫았다. 퇴근 준비를 하는 것 같아서 산호도 잽싸게 책상 정리를 했다. 지역

신문사에서 일하는 유일한 장점이 정시 퇴근이었다. 산호는 백현우를 따라 정확히 6시 1분에 사무실을 나왔다.

현관과 부엌과 방이 한 몸처럼 붙어 있는 원룸은 캄캄했다. 장마철마다 비가 새는 지하 주차장을 재공사한다더니 전기 시설을 잘못 건드린 모양이었다. 산호는 손전등을 켰다 껐다 하면서 잠이 오기를 기다렸다. 오늘 상수원 보호 구역에 들어갔다가 주운 물건인데 (손잡이가 묵직한 걸 보니 싸구려는 아닌 듯싶어 얼른 챙겨 넣었다.) 이렇게 요긴하게 쓰일 줄은 몰랐다.

새벽 두 시가 넘었다. 잠이 오지 않았지만 조급한 마음은 없었다. 내일은 제시간에 출근하지 않아도 된다. 백현우가 오전에 J보육원 실무자를 만나고 오라고 했기 때문이다. 예기치 않은 일들이 줄줄이 벌어진 하루였다. 백현우가 저녁을 사준 일은 그중에서도 신문에 오를 만큼 큰 사건이었다. 산호는 같은 선미식당이라도 낮에 나오는 계란말이와 저녁에 나오는 계란말이가 다르다는 사실을, 그리고 백현우 역시 입사한 지 몇 개월 되지 않았다는 사실을 이날 새롭게 알았다.

"여기 오기 전에 일간지에서 삼 년 동안 일한 경력이 있어."

나이도 같은데 선후배 따지지 말고 친구처럼 친하게 지내자는 산호의 말이 끝나기 무섭게 백현우가 말했다.

"몸이 약해서 그만둔 거야."

친구 말고 선배를 하겠다는 뜻이었다. 하긴 작고 깡마른 체구를 보면 몸이 약해 직장을 관뒀다는 게 거짓말 같지 않았다. 화장실에서 오줌을 누는 백현우의 뒷모습이 꽁지머리를 한 여중생처럼 보여 깜짝 놀란 적이 얼마나 많았는지.

"저기, 선배님."

산호는 정중하게 말을 붙였다.

"소주, 시켜도 될까요?"

백현우는 마지못해 소주를 시켜주었다. 집된장처럼 누런 백현우의 얼굴이 소주 한 모금에 발그레해졌다. 백현우가 한 잔 앞에 놓고 찔끔거리는 동안 산호는 두 병을 비웠다.

'역시 사람은 알고 볼 일이야.'

산호는 기분이 좋았다. 누구와 같이 저녁 식사를 한 게, 같이 술을 마시고 이야기를 나눈 게 얼마 만인지 몰랐다.

어둠 속에서 핸드폰이 반짝이더니 진동이 울렸다. 이 시간에 (물론 다른 시간에도) 산호를 찾을 사람은 거의 없었다. 그냥 무시할까 하다가 산호는 핸드폰을 집었다. 형의 이름이 떠 있었다. 가슴이 뛰기 시작했다. 저녁때 마신 소주 때문은 아니었다. 설마…….

아주 잠깐이지만 진짜인가 싶었다. 형이 아닐까 기대했다. 그러면서도 형이면 어쩌지 싶었다. 형의 핸드폰을 엄마가 가지고 있다는 사실이 떠올랐을 땐 실망했고, 동시에 안도했다. 엄마도 술을 마신 게 틀림없었다. 산호는 핸드폰이 잠잠해질 때까지 기다렸다. 진동 소리가 흐느끼는 소리처럼 들렸다. 산호는 엄마가 전화한 이유를 잘 알고 있었다. 없어지지도, 지워지지도 않을 그날이 또 오고 있었다.

　침대에 벌렁 누웠다. 산호는 창밖을 향해 손전등을 켰다. 껐다. 켰다. 껐다. 마치 구조 신호를 보내는 사람처럼.

죽은 자들은 이야기한다

가장 먼저 깨어난 건 뼈 여인이었다. 모지단이라는 멀쩡한 이름이 있었지만 노인의 입에 붙은 호칭은 그것뿐이었다. 첫 만남을 기억하는 한 언제나 뼈 여인일 수밖에 없었다. 두개골에 달라붙은 머리카락 몇 가닥과 입안에 남아 있는 치아 말고는 하나의 앙상한 뼈에 지나지 않았던 여인. 바람이 불 때마다 느티나무에 매달린 뼈들이 풍경처럼 달그락달그락 소리를 내며 흔들렸다.

'웃는 소리 같기도 하고 꼭 우는 소리 같기도 했지.'

노인은 여인의 목뼈에 엉킨 밧줄을 잘라주었다. 밧줄이 끊어지면서 뼈들이 우연히 느티나무 구덩이 속으로 떨어지지 않았다면, 그날 밤 여인이 깨어나 바깥세상으로 다시 나오지 않았다면, 노인이 그 광경을 목격하지 않았다면, 그렇게 백년나무의 시간이 존재한다는 사실을 몰랐다면 노인의 삶도 지금과는 무척 달랐을 것이다. 사람들이 찾아오면 반가워하고 사람들이 떠나면 외로워하면서, 더도 덜도 아닌 그저 한 그루의 늙은이로 지냈겠지.

사실이 그랬다. 노인은 노인으로 태어나 노인으로 살다가 노인으로 외롭게 죽을 운명이었다. 사람들이 쌓아놓고 간 돌탑을 무너뜨리고, 일없이 흙덩이를 퉁기고, 막대기 같은 팔로 풀숲을 휘저으며 대부분의 시간을 보냈다. 외로움이 밀물처럼 몰려들 때면 묘지를 떠나 산책을 나갔다. 노인은 산의 가장 높은 봉우리에 올라 별을 바라보았다. 자신보다 더 오래 살아 있는 것들을 보면서 위로를 받았다. 언젠간 이런 쓸쓸함도 끝날 거라고, 죽음이 찾아올 거라고 믿었다. 죽음보다 먼저 찾아온 건 백년나무의 시간이었다.

처음부터 자연의 뜻을 거스를 생각은 아니었다. 노인이야말로 자연의 신봉자였으니까. 백년나무의 시간은 스스로 목을 맨 주검이 구덩이로 떨어지는 바람에 우연히 시작된 일이었다. 노인은 죽은 자가 다시 깨어난 걸 보고 충격을 받았다. 정작 죽은 이는 처음부터 그 자리에 있었던 것처럼 백년나무 주변을 자연스럽게 돌아다녔지만.

우연이 반복되면 운명이라고 했던가. 그런 일이 두어 번 더 반복되었다. 구덩이에서 나온 주검들이 노인에게 말을 걸었다. 그들은 그들의 죽음을, 아니 삶을 이야기하고 싶어했다. 고통스러운 순간이 잊힐 때까지, 행복한 순간에 대한 미련이 사라질 때까지, 진짜 죽음을 받아들일 준비가 될 때까지 주검들은 그곳에 머물렀다.

노인만큼 말하기 좋은 상대는 없었다. 노인은 늘 그 자리에 있었고, (혼자 투덜거리는 것 외에는) 별로 할 말이 없었고, 달리 할 일도 없었다. 그들은 말했고 노인은 들었다.

"외로웠어요."

뼈 여인이 처음 말을 걸었을 때 노인은 고드름으로 심장을 찍힌 듯한 통증을 느꼈다. 여인이 내뱉은 건 한 단어였지만 노인이 들은 건 한 생애였다.

어리고 아름다웠던 여자. 그녀는 장작 타는 냄새를 사랑했고, 헛간 냄새를 사랑했고, 늙은 부모의 살 냄새를 사랑했고, 연인의 머리 냄새를 사랑했다. 눈 내리는 소리를 사랑했고, 봄이 오는 소리를 사랑했고, 송아지 우는 소리를 사랑했고, 늙은 부모의 한숨 소리를 사랑했다. 남편이 된 연인을 사랑했고, 언젠가 갖게 될 아기를 사랑했다. 그러나 여인은 사랑받지 못했다. 여인의 사랑은 되돌아오지 않는 부메랑이었다. 자꾸 떠나가기만 하는 화살이었다. 아기는 찾아오지 않았다. 남편은 여자를 버리고 떠났다. 여자의 늙은 부모는 참으라고만 했다. 노부모마저 죽고 완전히 혼자가 된 여자는 줄을 들고 느티나무를 찾았다.

"너무…… 외로웠어요."

뼈 여인의 목소리가 떠오를 때면 지금도 노인은 가슴이 먹먹해졌다. 죽은 이들의 입에서 나오는 말 한 마디, 한 마디가 노인에게는 실제적인 고통이라는 걸 그들은 모른다.

시체 사냥꾼들이 나타난 건 세 번째 우연이 찾아왔던 그즈음이었다. 숨이 붙어 있다는 게 신기할 정도로 막 생겨 먹은 뚜기들이 묘지에서 시체들을 꺼내 거둬가기 시작했다. 그들은 땅을 파는 데 최적화된 몸뚱이를 가지고 있었다. 그래서 그랬다. 어쩔 수 없었다. 노인은 묘지에 있는 주검들을 나무 구덩이로 옮겼다. 아무리 백골이 된 주검이라지만 뚜기들의 손에 놀아나도록 내버려둘 수는 없었다. 그렇게 묘지도, 노인의 인생도 달라졌다. 죽음 뒤에도 기회가 있다면, 한 번의 기회가 주어진다면 그걸 골고루 나눠주는 게 도리였다. 이제 노인의 일은 구덩이에서 깨어난 주검들의 이야기를 듣는 것이 되었다. 우연이 됐든 운명이 됐든 그게 노인의 역할이었다.

하늘은 번개, 가뭄, 산불 같은 재앙을 내려 방해했지만 노인의 고집을 꺾을 수는 없었다. 백년나무의 시간은 멈추지 않았다. 주검들은 차례차례 노인을 찾아왔고, 마음이 내키면 주저 없이 백년나무를 떠났다. 그들이 어디로 가는지 노인은 알지 못했다. 그저 진작 갔어야 하는 곳으로 (진짜 죽음 속으로) 사라졌다고 짐작할 뿐이었다. 간혹 뼈 여인처럼 뭉그적거리며 떠나기를 주저하는 자들도 있었다. 그들은 일 년을, 십 년을, 백 년을 백년나무의 시간 속에 머물렀다. 그건 그들의 일이었으므로 노인은 상관하지 않았다.

구름이 가신 하늘은 호수처럼 맑았다. 달은 눈부셨다. 뼈 여인의 손에 이끌려 밖으로 나온 미소는 말없이 산을 바라보고 있었다. 오

롯이 죽은 자들의 세계가 된 밤 풍경이었다. 미소의 입은 고집스럽게 닫혀 있었다. 저 아이의 입에서는 당분간 어떤 말도 나오지 않겠다고 노인은 생각했다. 문득 서글픈 기분이 들었다. 어쩌면 아이가 원한 건 마지막 기회 같은 게 아니었을지도 모른다. 바깥세상을 잊은 채 완전히 사라지고 싶어하는 사람도 있다는 걸 노인은 알고 있었다. 그런 아이를 자신이 억지로 붙잡아둔 게 아닌가. 죽음을 죽음으로 그냥 내버려뒀어야 하지 않나.

뼈 여인이 미소에게 말을 붙였다. 미소는 가끔씩 고개를 저을 뿐 별 호응이 없었다. 여인이 무슨 얘기를 하는지 노인은 알아들을 수 없었다. 그들 스스로 원치 않는 한 죽은 자들의 목소리는 살아 있는 자에게 닿지 않는 법이다. 그들 스스로 보려 하지 않는 한 살아 있는 자는 그들에게 없는 존재나 마찬가지였다.

뼈 여인이 자기 이야기를 쏟아내고 난 뒤에도 백년나무를 떠나지 않은 이유를 노인은 쉽게 짐작할 수 있었다. 한때 어머니가 되기를 소망했듯 여인은 이곳을 찾아오는 모든 이들의 어머니가 될 것을 자청했다. 여인은 갓 깨어난 영혼을 맞이하고, 그들을 구덩이 밖으로 안내했다. 하지만 주검들이 뼈 여인의 사랑을 원하는 경우는 없었다. 산 자들도, 죽은 자들도 그녀의 사랑을 허락하지 않았다.

미소 곁에 서 있던 뼈 여인의 모습이 점점 흐려졌다. 지금처럼 실망하는 여인을 지켜보는 일은 노인에게도 고역이었다. 여인은 투명하게 변해가는 몸을 이끌고 혼자 구덩이로 돌아갔다.

미소는 가만히 서서 묘지 쪽을 내려다보고 있었다. 자기 묘를 찾는 줄 알았더니 나란히 붙어 있는 두 무덤에 시선이 꽂혀 있었다. 노인은 미소에게 다가갔다.

"저건 쌍둥이 묘야."

노인이 말을 붙였다. 미소는 대꾸가 없었다.

"쌍둥이 형제의 무덤이지."

노인은 의미 없이 말을 반복했다. 이쯤에서 멈춰야 한다고 노인은 생각했다.

"왜 하나는 크고 하나는 작은지 궁금하지 않니?"

생각과는 전혀 다른 말이 튀어나왔다. 미소는 노인 쪽으로 고개를 돌렸다. 무표정에 가까운 얼굴이었다. 미소는 모자부터 발끝까지 노인을 한번 훑고 나서 다시 무덤 쪽을 보았다.

"예전엔 산 밑에 마을이 있었어."

역시 돌아오는 대답이 없었다. 미소는 동상처럼 서 있었다. 날이 밝을 때까지 저렇게 있을 모양이라고 노인은 생각했다.

'그래, 네가 입을 열지 않는다면 내가 입을 여는 수밖에.'

노인은 미소 옆에 자리를 잡고 앉았다. 다리가 아파서 더는 서 있을 수가 없었다. 노인이 이야기했다. 그곳에 쌍둥이 형제가 살고 있었다……

쌍둥이 묘

쌍둥이 형제가 살고 있었다. 동글동글한 머리통, 가늘게 찢어진 눈 두 개, 잘 붙은 귀 두 개, 끝이 살짝 들린 코 하나, 그 옆에 딱 붙은 점 하나, 사이가 벌어진 앞니 두 개까지 똑같이 생긴 쌍둥이였어. 이름은 구단이와 팔용이. 쌍둥이 위로도 다섯 남매가 더 있었기에 (그리고 다섯 마리의 소와 세 마리의 개와 열세 마리의 닭도 있었기에) 부모는 아이들의 얼굴에서 다른 점을 찾아 일일이 이름을 불러줄 시간이 없었어. 그래서 가슴에 콧수건을 매달아주었지. 빨간 수건을 단 구단이는 여섯째, 노란 수건을 단 팔용이는 일곱째라고 불렀어. 빨강 노랑 콧수건들은 어딜 가든 붙어 다녔어.

백지장도 맞들면 낫다는 속담 알지? 둘은 나무 지게도 같이 지고, 여물통도 같이 옮기고, 물도 같이 날랐어. 쌀독을 부숴서 매를 맞을 때도 구단이 한 대, 팔용이 한 대, 번갈아가면서 종아리를 맞았다고. 부모는 속이 탔지. 왜냐고? 둘이서 한 사람 몫의 일밖에 안 하니까. 밥은 따로 먹으면서 말이지. 둘을 억지로 떼어놔봤지만 소용없었어. 마늘밭에 있는 구단이가 "오이야!" 소리 지르면 멀리 고추밭에서 잡초를 뽑던 팔용이가 "감자야!" 하고 큰소리로 대꾸했어.

"똥 쌌냐?"

"똥 쌌다!"

"배고프겠다!"

떨어져 있어도 함께 히히덕거리고 노는 데에는 문제가 없었지. 일하는 손은 당연히 두 배로 더딜 수밖에.

그래도 좋은 시절이었어. 흙이 고실고실한 논밭에서 먹을 게 계속 나왔으니까. 일곱 남매가 (다섯 마리의 소와 세 마리의 개와 열세 마리의 닭까지) 세 끼 꼬박꼬박 먹어도 쌀독이 비지 않았어. 그래, 좋은 시절이었지. 음, 음.

겨울이 왔어. 겨울도 나쁘지는 않았어. 물걸레와 닭 두 마리는 꽁꽁 얼어붙었지만 마루 밑에 있는 개들은 멀쩡히 땅을 파고 놀았지. 소가 입김을 푹푹 뿜어가며 검은 송아지를 낳던 그날 새벽만 해도 모든 게 평온했다고. 그리고 눈이 내리기 시작했어. 밥풀처럼 날리던 눈이 아기 주먹만 하게 변하더니 금세 논밭을, 장독을, 지붕을 하얗게 덮어버렸어. 쌍둥이들은 신이 났지. 빨강, 노랑 콧수건을 휘날리며 눈이 아리도록 새하얀 동네를 뛰어다녔어. 눈은 밤까지 계속 내렸어. 다음 날 아침에도, 그다음 날 오후에도 내렸지. 일주일이 지나도록 그치지 않았어. 한파가 몰려와 얼어붙은 눈 위에 눈이 켜켜이 쌓였지. 새해가 오자 마침내 눈이 그치고 달력 그림처럼 동그란 해가 나타났어. 해도 바뀌었겠다 눈도 그쳤겠다 할 일이 태산 같았어. 어머니는 일곱 남매의 이름을 불러대느라 목이 쉴 지경이었지. 그중에서도 쌍둥이의 이름을 가장 많이 불렀어. (뭔가 계속 시키지 않으면 도망가서 들어오질 않았거든.)

"여섯째, 마당 좀 싹 쓸어라. 일곱째는 얼음 깨고."

"여섯째는 큰형이랑 같이 닭 잡아라. 일곱째는 쏘시개 날라 오너라."

할 일도 여러 가지라 구단이와 팔용이는 함께 있을 기회가 없었어. 심지어 밥도 따로 먹고, 오줌도 따로 누어야 했어. 처음 있는 일이었지. 영 불편하고 심심했어. 중간중간 "오이야!", "감자야!" 하며 말장난을 했지만 그것도 금방 싫증이 났어. 그래서 콧수건을 바꿔 다는 장난을 생각해낸 거야. 이제 노란 수건을 단 구단이가 일곱째가 되고, 빨간 수건을 단 팔용이가 여섯째가 되었어. 어머니가 여섯째에게 소여물을 갖다주라고 하면 팔용이가 킥킥거리며 헛간으로 여물을 날랐어. 일곱째에게 가마솥을 닦으라고 하면 구단이가 눈을 굴리며 솥뚜껑을 문질렀지. 그렇게 몇 번을 하니까 구단이는 진짜 일곱째가 되고 팔용이는 여섯째가 된 기분이 들었어. 둘은 콧수건을 다시 원래대로 바꿨지. 그리고 또 바꿨어. 바꾼 걸

다시 바꾸고, 다신 바꾸지 말자고 했다가 또 바꿨지. 그렇게 틈날 때마다 바뀌치기를 하다 보니 잠자리에 들었을 때엔 구단이와 팔용이 본인도 자기 콧수건이 원래 빨강색이었는지 노랑색이었는지 헷갈리는 거야. 그게 또 마음에 들어서 계속 바꿔치기를 했지. 콧수건이 바뀔 때마다 이름이 바뀌다 보니 이제는 자기가 여섯째인지, 일곱째인지조차 구분이 안 되는 지경에 이르렀어. 그게 구단이와 팔용이에게 문제가 되었을까? 아니지.

음력설을 며칠 앞둔 날이었어. 큰집에서 막걸리를 담았으니 가져가라는 전갈을 보냈어.

"막내가 따라오너라."

아버지가 노랑 콧수건에게 말했어. 설피를 준비하는 걸로 보아 다리가 아닌 산을 넘을 모양이었어. 돌다리가 눈 속에 파묻혔다 해도 개천이 꽁꽁 얼었을 테니 건너는 데엔 문제가 없을 테지만 아버지는 굳이 산길을 고집했지. 이유는 물을 필요가 없었어. 맨손으로 소도 때려잡는 아버지가 무서워하는 게 딱 하나 있다면 그건 바로 물이었거든. (식구들만 아는 공공연한 비밀이야.)

노랑 콧수건이 신발에 설피를 묶는 걸 보고 빨강 콧수건이 따라 나왔어.

"여섯째는 집에 있어라."

아버지는 노랑 콧수건만 데리고 대문을 나섰어.

백년산 지름길은 오래된 나무들로 빽빽해서 한여름에도 볕이 잘 안 드는 곳이었지. 작년에 내린 눈이 녹지 않고 계속 쌓여 산을 이불처럼 덮고 있었어. 밤나무, 오리나무, 가래나무, 단풍나무도 머리 한가득 눈을 이고 있었어. 노랑 콧수건은 설피를 신고서도 무릎까지 폭폭 빠지는 눈길에 낑낑거리며 산을 올랐어. 아버지는 왼발을 딛기 무섭게 오른발을 내딛으며 빠르게 걸었고.

"아버지, 같이 가요. 아버지!"

노랑 콧수건이 부를 때에만 잠시 멈췄다가 금세 또 앞장서서 갔지. 아버지가 나무 뒤로 사라질 때마다 노랑 수건은 혼자 남았다는 생각에 겁이 났어. 아버지를 따라잡으려고 하다가 몇 번이나 넘어지고 설피까지 벗겨지는 바람에 기분이 울적해졌어. 이럴 때 구단이가 (아니 팔용이가) 함께 있다면 얼마나 좋을까? 하긴 몰래 뒤따라올 만도 한데. 매년 이맘때에 큰어머니가 유과를 만든다는 사실을 잘 알고 있으니까. 그런 생각을 하니 누군가 뒤에서 사각, 사각, 눈을 밟으며 따라오는 소리가 들리는 것도 같았어. 아니, 정말로 누군가의 발소리가 들렸어. 노랑 수건은 뒤를 돌아보았어. 소리가 감쪽같이 사라지더군. 하지만 노랑 수건이 다시 걷기 시작하자 발소리가 또 따라왔지.

"딴청 피우지 말고 빨리 와라."

꼭대기에 다다른 아버지가 소리쳤어. 바로 그때였어. 노랑 콧수건의 몸이 갑자기 바닥으로 가라앉았어. 그 위로 엄청난 눈이 쏟아져 내렸어. 산이 거꾸로 뒤집힌 것 같았어. 땅이 요동치고 나무

들이 쓰러졌어. 눈사태가 난 거야. 겹겹이 쌓여 나갈 구멍이라고는 보이지 않는 눈더미 속에서 노랑 수건은 살려달라고 흐느껴 울었어.

"아버지이! 아버지이!"

점점 숨이 막혀왔어. 노랑 수건은 이제 말을 하지도, 울지도 못했어. 눈앞이 가물가물 흐려졌어. 아득히 먼 곳에서 빨강 수건의 목소리가 들려오는 것 같았어.

'오이야!'

소리는 바닥 깊은 곳에서 울렸어.

'감자야! 오이야…….'

다시 한 번 가늘게 소리가 들렸어. 자신을 애타게 부르는 소리 같았어. 노랑 수건은 까무룩 정신을 잃고 말았어.

몇 분이나, 아니 몇 초나 지났을까. 눈을 떴을 땐 눈구덩이 속으로 억센 손이 들어와 얼굴을 마구 짓누르고 있더군. 노랑 수건은 아버지 손에 머리카락이 잡힌 채 밖으로 질질 끌려 나왔어. 막혔던 숨이 탁, 트이니 살 것 같았지. 얼었던 몸에 조금씩 감각이 돌아오면서 팔다리가 저려왔어. 머리는 욱신욱신 쑤셨고. 노랑 수건은 아버지 등에 업혀 훌쩍거리며 백년산을 벗어났어. 삼십 분이면 넘어갈 길이 그날은 한 시간이 넘게 걸렸어. 지독한 한 시간이었지.

아버지와 함께 큰집에 도착한 노랑 수건은 아주 귀한 대접을 받았어. 큰아버지가 양보한 따끈한 아랫목에서 큰어머니가 준비한 점심상을 독차지하고 아버지가 따라준 막걸리까지 ("놀랐을 땐 한 잔 마셔두는 게 좋아.") 걸치고 나니까 이거 뭐 죽을 뻔한 보람이 있구나, 하는 생각이 들었지. 유과를 먹고 식혜를 마시고 사촌들이랑 윷놀이도 한 판 하고 나니 슬슬 집에 돌아갈 때가 되었어. 노랑 수건은 막걸리가 담긴 주전자 두 개를 들고 혼자 큰집을 나왔어. (아버지와 큰아버지의 술자리는 밤늦도록 끝나지 않을 예정이었지.) 집으로 갈 때에는 당연히 개천을 건넜어. 백년산은 코빼기도 보고 싶지 않았지.

노랑 콧수건은 걸음을 빨리했어. 어서 집으로 돌아가 자기가 겪었던 얘기를 빨강 콧수건에게 들려주고 싶었어. 의기양양하게 대문을 들어서는데 마침 마당에서 빨래를 걷고 있던 어머니가 이상한 질문을 하시네.

"왜 혼자 오냐? 여섯째는?"

집이 온통 난리가 났어. 어머니는 얼굴이 하얗게 질려서는 노랑 수건과 함께 백년산으로 달려갔어. 아버지를 부르러 큰집으로 간 둘째 누나만 빼고 나머지 형들도 산으로 몰려갔지.

"여섯째야!"

"구단아아− 구단아!"

다들 목이 터져라 이름을 불렀어. 곧이어 아버지와 큰아버지, 그리고 사촌들까지 합세했어. 기다란 막대기로 눈을 헤쳐가며 온 산을 뒤졌어. 콧수건을 바꾸는 게 아니었는데, 노랑 수건은 뒤늦게 후회했어. 이 모든 게 콧수건을 바꿨기 때문에 일어난 일이라고 생각했어. 수건을 바꾸지 않았다면 자기가 집에 남게 되었을지 모르니까. "구단아!", "여섯째야!" 부르는 소리에 대답이 없는 것은 어쩌면 이름이 잘못되었기 때문인지 모르니까. 노랑 콧수건은 눈물과 함께 줄줄 흘러내리는 코를 닦을 생각도 않고 외쳤어.

"오이야–"

소리치고,

"감자야아…… 오이야아!"

또 소리쳤어.

날은 어두워지고, 바람은 심해지고, 마을 사람들이 다 모였고, 백년산은 낮보다 더 환해졌고, 시간은 계속 흐르지만 지독했던 그 한 시간에 멈춰 있는 듯하고, 결국 살아 있는 빨강 수건도 죽어 있는 빨강 수건도 집으로 돌아오지 못하고. 그래, 끝내, 그랬지.

겨우내 눈 속에 숨어 있던 돌다리가 모습을 드러냈어. 찬 공기가 서서히 누그러지기 시작했어. 개들이 마루 밑에서 기어나와 기지개를 켜고 뛰어다녔어. 숲의 눈이 녹아내렸어. 오리나무 밑에 꼭꼭 숨어 있던 빨강 콧수건이 눈 밖으로 나왔어. 시신의 입은 마치 누구의 이름을 부르다가 멈춘 듯 벌어져 있었어. 콧수건을 움켜쥔 주먹은 아무리 펼치려 해도 펼쳐지지 않았지. 시신은 빨강 콧수건과 함께 묻혔어.

식구들은 더 이상 노랑 수건을 일곱째라고 부르지 않았어. 여섯째가 없는 일곱째도 이상할뿐더러 쌍둥이가 존재하지 않으니 팔용이를 팔용이라고 부르지 않을 이유가 없어진 거야. 그렇게 노랑 콧수건은 팔용이가 되어 평생을 팔용이로 살았어. 장성한 형제들이 모두 마을을 떠난 뒤에도 팔용이는 혼자 고향 집에 남았지. 그곳에서 학교를 다니고, 밭을 일구고, 연애를 하고, 장가를 가고, 자식을 낳고, 손주도 보았어. 자식들은 착했고, 손주들은 끔찍이 귀여웠어. 손주들은 할아버지가 왜 눈 오는 날마다 백년산에 올라가는지 궁금해했어. 팔용이는 허허 웃기만 했지. 세월이 더 흘러 손주들이 성인이 되고 팔용이의 얼굴엔 검버섯이 가득 피고. 바람이 몹시 매섭던 어느 겨울날 산책하듯 백년산에 올라간 할아버지 팔용이는 돌아올 생각을 하지 않았어. 식구들이 산에서 시신을 찾았을 때 팔용이는 오리나무에 몸을 기대고 앉아 있었어. 마치 빨강 콧수건이 마지막으로 남긴 목소리를 들으려는 듯 나무에 귀를 바짝 갖다 댄 채 말이야.

오래전 쌍둥이들의 지독했던 한 시간은 그제야 끝이 났어. 팔용이는 진짜 팔용이가 못 해본 연애를 하고, 결혼을 하고, 미처 되어보지 못한 아버지가 되고, 할아버지가 되고, 그렇게 여든여덟 해를 살다가 팔용이로 세상을 떠났어.

바로 그날 진짜 팔용이의 기다림도 끝이 났어. 못 믿겠지만 사실이야. 그 아이는 밤마다 (미소, 네가 지금 있는 그 자리에 서서) 두 팔용이가 다시 만나게 될 날을 기다렸단다. 결국 만났지. 칠십팔 년이란 세월이 걸리긴 했지만.

백현우는 뭔가 알고 있다

신문사엔 아무도 없었다. 산호는 손님이 올 때만 가끔 쓰는 에어컨을 켰다. 아침부터 땡볕 속을 돌아다녔더니 어질어질했다. 잠들기 전에 마신 소주 반병의 영향도 컸다. 산호는 소파에 쓰러지다시피 누웠다. 천장이 빙글빙글 돌았다.

'하루 종일 뭘 하고 돌아다닌 건지.'

산호는 누운 채로 주머니에서 수첩을 꺼내 탁자에 던졌다. 수첩엔 전날 백현우가 식당에서 불러준 질문들이 적혀 있었다. 질문은커녕 수첩을 열어볼 기회도 없었다고 말하면 백현우가 어떤 표정을 지을지 궁금했다.

"그게 제 잘못이 아니잖아요. 전 그저 전임자한테 받은 서류대로 했을 뿐인데요."

J보육원 실무자는 눈물을 글썽이더니 참지 못하고 엉엉 울었다.

고등학교를 막 졸업한 것 같은 앳된 얼굴이었다. 산호는 당황했다. 자기가 무슨 실수를 저질렀나 싶어 방금 한 말을 곱씹어보았다. "DY지역신문사 방산호라고 합니다. 이미소 학생에 대해 질문하고 싶은 게 있어서……"라고 했다. 두 번째 문장은 끝내지도 못했다.

산호는 우는 여자를 어떻게 해야 할지 몰랐다. 달래줘야 하나. 모른 척 도망가야 하나. 머릿속이 하얘져서 질문 같은 건 할 엄두도 나지 않았다. 다행히 여자는 알아서 진정했다. 눈물이 맺힌 눈을 동그랗게 뜨고 산호를 쳐다봤다.

"이미 다 말씀드렸는데, 꼭 인터뷰까지 해야 해요?"

"누구한테 말했는데요? 경찰이요?"

여자는 깜짝 놀랐다.

"아니요. 경찰서에서 전화가 온 건 딱 한 번이었는데요. 월요일에요. 이미소란 아이가 우리 보육원에 있냐고 물었어요. 전 없다고 했고요."

"왜요?"

"왜라니요? 없는 아이를 없다고 해야지 그럼 있다고 해요?"

여자는 눈물이 쏙 들어간 것처럼 보였다.

"이미소는 지난 4월에 A보육원으로 전원되었어요. 전임자가 넘겨준 서류에 '4월 13일 가출', '4월 27일 전원'이라고 나와 있다고요. 관리 리스트에도 이미소란 이름은 없고요."

"아아……."

산호는 맥이 풀렸다. 백현우가 또 잘못된 정보를 준 게 분명했다. J보육원이 아니라 A보육원으로 가야 했다.

"다들 왜 이러는지 모르겠어요. 어제도 이사장님이 호출해서 한바탕 난리가 났는데."

"이미소 때문에요?"

"경찰에서 이미소 학생에 대해 물어본 적이 있냐, 여쭤보셔서 그렇다고, 장례식이 어쩌고 하는 이상한 소리를 하기에 우리 보육원에 없는 아이라고 대답했다고 했죠. 그랬더니 이사님이 갑자기 화를 내시는 거예요. 왜 멋대로 일 처리를 하냐고요. 원장님도 불려와서 된통 당하고. 원장님은 저한테 또 화풀이하고. 아, 몰라. 서류에 없는 아이를 없다고 한 게 그렇게 큰 잘못인가요?"

여자는 다시 울컥했다.

"입사한 지 한 달밖에 안 됐는데. 진짜 억울해요. 저 여기 관둘까봐요."

더 이상 얘기를 듣고 있는 건 시간 낭비였다. 산호는 나중에 다시 연락하겠다고 말했다. 문을 열고 나오는데 여자가 불렀다.

"기자님!"

지금까지 누구도 산호를 이런 호칭으로 불러준 적이 없었다. 산호는 냉큼 뒤돌아보았다.

"네?"

"혹시 기자님은 제가 뭘 잘못했는지 알고 계세요? 다들 이러니까…… 제가 진짜 뭘 크게 잘못했나 싶어서."

'잘 모르겠어요. 사실 나도 내가 뭘 하고 있는지 모르거든요'라고 대답할 수는 없었다.

"그건 아닐 거예요."

산호는 서둘러 밖으로 나왔다. 백현우에게 전화를 걸까 하다가 일단 A보육원에 들러보기로 했다.

개인 기부금으로 운영되는 시설이라 그런지 규모가 작았다. 정부 지원금과 기업 후원금을 받아 운영되는 J복지재단과는 천지 차이였다. 사무실이 따로 없어서 아무나 붙잡고 담당자를 찾았더니 청소를 하던 젊은 아주머니가 고무장갑을 낀 채 나왔다.

"이미소…… 올 4월이요?"

아주머니는 잠깐 생각하더니 "그 앨 말하는 건가?" 하고 운을 뗐다.

"봄에 어떤 아이가 온다는 얘기가 잠깐 있었거든요. 근데 아이 면담도 안 되고, 서류도 안 보내주고, 담당자는 휴간지 뭔지 해서 연락도 안 되고. 어영부영하다가 깨진 케이스였어요. 그 애가 아닌가 싶네요. 나이가?"

"열여섯 살이요."

"맞을 거예요. 우리 애들보다 많았던 걸로 기억해요."

"이미소는 이곳에 아예 등록이 안 된 애란 말이죠?"

"네. 본 적도 없어요."

"월요일에 혹시 경찰에서 연락을 받으셨나요?"

"경찰이요? 왜요?"

아주머니는 아무것도 모르는 게 확실했다. 산호가 예상했던 시나리오와 전혀 달랐다. J보육원에서는 나갔는데 A보육원에서는 새 학생을 받은 적이 없다면 둘 중 한 곳은 거짓말을 하고 있는 것이다. 그게 아니라면…….

J보육원 여자와 A보육원 아주머니가 진실을 말했다는 전제하에 정답은 오컴의 면도날, 가장 단순한 곳에서 찾아야 했다.

'아, 겨우 이딴 걸 알자고!'

산호는 신경질이 났다. 아침부터 발바닥에 땀나도록 뛰어다닌 이유가 이거라니 한심하기 짝이 없었다. 역시 백현우, 백현우와 함께 일하는 한 앞으로도 제대로 된 사건을 취재하기는 그른 듯했다.

아무튼 결론이 났다. 처음부터 취재고 뭐고 할 게 없었다. 단순한 실수였으니까. J복지재단 전임자가 이미소의 이름을 서류에서 누락한 것이다. 신입 직원은 잘못된 서류를 인계받았고, 경찰이 오해할 만한 발언을 했다. 신입 직원은 이사와 원장에게 억울하게 욕을 먹었다. 그렇다고 죽기 전부터 서류상 이미 세상에 존재하지 않았던 이미소만큼 억울하진 않겠지만 말이다.

백현우가 사무실 문을 열었을 때 산호는 소파에서 자고 있었다. 어찌나 곤히 잠들었는지 백현우가 헉헉거리며 정수기에서 물을 따라 마시는 소리에도 꿈쩍하지 않았다. 백현우는 에어컨에 얼굴을 들이밀었다. 꽁지머리를 풀어헤쳐 시원한 바람 속에 내맡겼다. 여름마다 한 번씩은 더위를 먹어 고생하는데 오늘이 바로 그런 날이었다. 병원에 실려가지 않은 게 다행이었다. 백현우는 여전히 꿈나라를 헤매고 있는 산호를 힐끗 보고는 맞은편 소파에 앉았다.

'딱 오 분만 쉬자……'

고개를 홱 젖히고 존 게 틀림없었다. 백현우는 목이 빠질 것 같은 통증에 잠에서 깼다. 에어컨은 언제 끈 건지 온몸이 땀에 젖어 있었다. 키보드 소리가 들려 뒤돌아보니 산호가 선풍기 바람을 맞으며 일을 하고 있었다. 백현우는 축축한 소파에서 몸을 일으켜 자기 자리로 돌아갔다. 두들겨 맞기라도 한 것처럼 몸 여기저기가 골고루 아팠다. 조만간 감기몸살이 날 전조였다.

"방 수습!"

"네."

"메일 확인했어?"

백현우의 목소리에 짜증이 묻어 있었다.

"주부대학이랑 중앙시장 상인회 건은 다 확인하고 올렸는데요. 안 더워요? 선풍기 회전시킬까요?"

산호의 쌩쌩한 목소리가 백현우의 화를 돋우었다.

'그렇게 신경 쓰이면 에어컨을 끄지 말 것이지.'

"됐어. 시원하게 혼자 써."

"네⋯⋯."

"강풍으로 회전해."

"사장님이랑 부장님은 오늘 사무실에 안 들어오신다고 전화 왔어요."

산호는 선풍기 머리를 톡 쳐서 회전시켰다.

"아."

백현우는 자주 사장의 존재를 잊었다. 다행인 건 사장 역시 직원들에게 신경 쓰지 않는다는 점이었다. 기삿감을 정하는 것도 취재를 하고 편집을 하는 것도 모두 백현우에게 맡기고 사장 자신은 광고에만 몰두했다. 게다가 요즘은 다른 지역에 신문사를 내는 데 정신이 팔려 있었다. 백현우에게는 잘된 일이었다. 사무실에 앉아 좌담회 기사를 쓰는 척할 필요도, 형식적으로나마 취재 활동을 보고할 필요도 없으니까 말이다.

"근데, 안 물어보세요?"

"뭘?"

"오늘 보육원 갔다 온 거요."

"맞다. 담당자 만나봤어?"

"네. 이미소는 보육원 서류에 전원한 걸로 되어 있어요. 새 보육원에서는 받은 적이 없다고 하고요. 모든 게 J보육원 전임자가 실수로 서류를 잘못 작성해서 벌어진 일이었어요."

"실수? 그쪽에서 그렇게 말해?"

"그건 아니지만."

"으음…… . 오늘 만난 담당자 이름하고 연락처 좀 줄래?"

"왜요? 뭐가 잘못됐어요?"

"아, 아니. 나중에 혹시 몰라서."

산호는 백현우를 쳐다보았다. 뭔가 알고 있으면서 숨기는 것 같다는 생각이 들었지만 대놓고 물어본다고 솔직히 대답할 백현우가 아니었다.

"선배님, 오늘 어디 갔다 왔어요?"

"시청…… ."

백현우는 산호의 얼굴을 힐끗 보고는 덧붙였다.

"시청 갔다가 보름고등학교 갔다 왔어."

"왜요?"

"이미소 담임 만나고, 친구들도 만났어."

"왜요?"

"기자의 촉이라는 게 있잖아. 이미소 사건, 파보면 뭔가 기삿거리가 나오지 않을까 싶어서."

산호는 왠지 신뢰가 안 간다고 생각했다.

"뭐가 좀 나왔어요?"

"학교는 전혀 도움이 안 되더라. 자퇴한 학생이라 아는 게 없대. 대마초 피우다가 걸려서 퇴학당하기 전에 이미소가 스스로 그만둔 거래. 대신 반 애 한 명이 아주 중요한 정보를 줬어. 사고가 나던 날 이미소가 어디서 일했는지 말해줬어."

"어딘데요?"

"고기 좋아해?"

"네."

"그럼 지금 거기로 가자."

"다섯 시 사십오 분밖에 안 됐는데."

"그래서?"

"택시 부를까요?"

둘은 택시를 타고 시내로 갔다. 백현우는 식당가를 한참 앞두고 택시에서 내렸다. 택시비를 아끼려는 심산인 듯했다.

"여기서부터 걸어. 지나가다 우연히 들른 것처럼 보여야 돼."

백현우가 말했다.

"선배님도 이미소의 죽음이 타살이라고 생각하시는 거예요?"

"아니."

"그럼 왜……."

"더 중요한 게 있어. 아니, 내 말은 그럴 것 같은 예감이 들어."

'죽음보다 더 중요한 문제가 있을까?' 산호는 생각했다. 백현우가 주머니에서 핸드폰을 꺼냈다.

"어, 박 기자. 아까 전화 못 받았어. 미안. 지금은 괜찮아. 어떻게 됐는지 말해봐."

백현우는 산호와 거리를 두기 위해 걸음을 늦추었다. 산호 역시 옷가게 진열장을 둘러보는 척하며 티 나지 않게 보폭을 좁혔다. 통화 내용을 엿들으려고 했지만 백현우가 K 어쩌고, D 어쩌고 하며 자기들만 아는 암호를 쓰는 통에 하나도 알아듣지 못했다.

산호는 백현우의 꿍꿍이가 궁금했다. 무슨 이유로 이미소 사건에 갑자기 관심을 가지게 된 건지 알 수 없었다. 백현우는 산호가 생각했던 것보다 이미소에 대해 더 많이 알고 있는 듯했다. 그가 이미 알고 있는 사실이 무엇이며, 더 알고 싶어하는 게 무엇인지 궁금했다.

치킨집을 지나고, 호프집을 지나고, 한정식집과 민속주점을 지나서야 백현우는 통화를 끝냈다.

"여기야."

백현우는 '우리형 고깃집'이라는 간판이 붙은 큰 식당 앞에 멈춰 섰다. 간판 한가운데에 (유난히 고기를 좋아할 것 같은) 사장의 얼굴이 박혀 있었다. 만난 적은 없지만 산호에게는 낯익은 얼굴이었다. 비행 청소년에게 진짜 날개를 달아준다는 왕형호가 조명 아래에서 환하게 웃고 있었다.

미소는 묘지들의 이야기를 듣는다

미소는 여전히 입을 열지 않았다. 노인과 눈을 마주치지도 않았다. 이대로 말없이 백년나무를 떠나버린다 해도 놀랄 일이 아니었다. 하지만 미소는 그러지 않았다. 백년나무의 시간이 되면 어김없이 밖으로 나왔다. 미소는 언덕에 서서 같은 풍경을 바라보았다. 하늘, 별, 달, 송신탑, 큰 나무, 작은 나무. 밤의 묘지를 둘러싼 풍경은 좀처럼 변하는 일이 없었다. 노인 또한 그런 풍경의 일부였다. 미소는 무덤가를 정리하는 노인을, 먼 산을 쳐다보는 노인을, 나무에 기대어 앉아 있는 노인을 가만히 지켜보다가 새벽이 오기 전에 구덩이로 돌아갔다.

바람 한 점 불지 않는 날이었다. 미소의 머릿속에 영오라는 이름이 잠깐 스쳤다가 사라졌다. 별 의미 없는 인물 같기도, 아주 중요한 인물 같기도 했지만 이름 말곤 기억나는 게 없었다. 요즘은 자주 그랬다. 과거에 알던 사람들이 갑자기 머릿속을 휘젓고 돌아다니다가 없어져버리곤 했다. 미소는 더 생각하기를 포기했다. 뭔가 기억난다고 해서 달라질 것은 없었다. 미소는 잡초로 뒤덮인 무덤을 정리하고 있던 노인에게 다가갔다. 노인이 뒤돌아보자 미소는 손가락으로 무덤을 가리켰다.

"이게 누구 건지 궁금하니?"

노인이 물었다. 미소는 가만히 있었다.

"알고 싶다면. 뭐, 흠흠. 그런 거라면……."

노인은 으드득 소리를 내며 허리를 펴고 앉았다. 아주 오래전 일이었지만 노인은 잊지 않았다. 사실 잊고 싶어도 잊을 수가 없었다. 노인은 자신을 찾아왔던 모든 주검을, 그들의 목소리와 이야기를 전부 기억하는 사람이었다. 소녀의 아비는 양민이었지만 어미는 노비였다. 소녀는 어미처럼 노비로 태어나 노비로 죽을 팔자였다. 열 살까지는 부엌일을 거들었고, 열한 살부터는 이불 빨래를 도왔다. 열세 살이 되자 주인집 아기들을 돌보기 시작했는데 찬모, 침모보다는 유모가 적성에 맞는 듯했다. 잠을 못 자는 것과 (아기들이 하도 잡아 흔들어서) 머리에 구멍이 나는 것만 빼면 말이다. 주인집은 대가족이었고, 돌볼 아기들은 넘쳐났다.

노마님의 환갑잔치가 있던 날이었다. 다른 여종들과 마찬가지로 소녀도 아기를 업은 채 부엌일을 돕고 있었다.

"거기 불 좀 봐줘."

누군가 말했고, 소녀는 아궁이 불을 살피기 위해 허리를 굽혔고, 소녀의 등에서 졸고 있던 아기가 떨어졌다. 하필이면 노마님이 가장 아끼는 셋째 증손자였다. 아기는 화상을 입었다. 소녀는 멍석말이를 당했다. 매질의 후유증은 오래갔다. 열다섯, 소녀의 길지 않은 종살이는 고통스런 죽음으로 마감했다.

"무서웠어요."

소녀가 노인에게 한 말이었다. 노인은 소녀의 이야기를 들으며 숨을 죽였다. 아니 숨을 쉬지 못했다. 소녀의 목소리를 듣는 내내 멍석에 돌돌 말려 매를 맞는 기분이었으니까.

'아픈 게 어떤 것일까?' 미소는 생각했다. 가해자와 피해자가 되기를 반복하면서 폭력과는 이골이 날 정도로 친하게 지낸 미소였지만 지금은 고통이 어떤 건지 낯설었다. 영오라는 이름처럼. 그래, 오영오…….

생각났다. 초등학교 6학년 같은 반, 머리에서 늘 바다 냄새가 나던 그 애. 곱슬머리에 밴 비린내 때문에, 움츠러든 어깨 때문에, 겁먹은 듯 눈치를 살피는 작은 눈 때문에 은근히 따돌림을 받던 아이였다. 학기가 시작된 지 두 달이 지났을 때 미소는 길거리에서 우연히 영오를 만났다. 그 애는 때가 잔뜩 낀 미술학원 가방을 들고서 아이스크림 매장 유리문에 붙은 광고를 보고 있었다. "너 오천 원 있어?" 미소의 말에 영오가 예의 겁먹은 얼굴을 들었다. "빨리 말해. 오천 원 있냐고." 영오는 주머니를 뒤졌다. 꼬깃꼬깃한 천

원짜리를 답답하게 세고 있는 손에서 미소는 만 원짜리를 낚아채 편의점으로 뛰어 들어갔다. 미소가 급하게 생리대를 사고 화장실까지 갔다 온 뒤에도 영오는 여전히 그 자리에 있었다. 미소가 잔돈을 내밀자 영오가 고개를 저었다.

"괜찮아. 너 가져."

"내가 거지냐?"

"아니. 그게 아니고, 난…… 어."

답답하기 짝이 없는 애였다.

"아이스크림, 먹을래?"

영오는 1+1 광고를 가리켰다.

다음 날 영오는 S보육원 친구들과 교문을 나서던 미소를 쫓아와 햄버거를 먹으러 가자고 말했다. 그들은 노래방에 갔다. 토요일엔 아웃렛에 가서 티셔츠를 샀다. 영화를 보고 화장품 코너에 들렀다. 영오가 매니큐어를 사는 동안 미소와 친구들은 마스카라와 립스틱을 슬쩍했다. 영오는 돈이 많은 애였다. 학기가 끝날 때쯤 영오는 완전히 미소 패거리의 봉이 되어 있었다. 그들의 계획은 여름방학이 시작되자마자 바닷가에 놀러 가는 것이었다.

"얼마나 필요한데?"

영오가 물었다. 미소는 인상을 구기며 "한 이십만 원쯤?" 했다. 눈치껏 알아서 챙기지 못하는 영오에게 짜증이 났다. 영오는 곤란한 듯 말이 없었다.

"싫으면 마. 넌 빠져. 우리끼리 갈 거니까."

"아니야. 알았어. 구해볼게."

방학식 전날 영오는 학교에 나오지 않았다. 대신 영오 엄마가 담임을 찾아왔다. 미소는 영오가 그간의 일을 모두 까발렸을까 봐 불안했다. 담임이 호출했을 때 미소는 다 들켰다고 생각했다. 목에 힘을 주고 혼날 각오를 다지는데 지민이와 상담실 청소를 하라는 말이 돌아왔다. 영오 엄마가 앉았던 자리마다 비린내가 배어 있었다. 영오 머리에서 늘 풍기던 냄새보다 훨씬 강했다. 영오네가 시장에서 가게를 하는 건 알았지만 그게 생선 가게인 줄은 몰랐다. 둘은 바닥에 떨어진 휴지를 줍고, 설렁설렁 테이블을 치우고 의자를 정리했다. 담임을 기다리며 지민이와 장난을 치다가 문 옆에 있던 아이스박스를 넘어뜨렸다. 얼음물이 쏟아졌다. 둘은 인상을 찌푸리며 바닥에 떨어진 오징어를 주워 담았다. 창문을 활짝 열었지만 비린내를 날려보낼 만큼 신선한 바람이 불지는 않았다.

2학기가 시작되자 영오에게는 별명이 생겼다. 도둑년. 가끔은 '생선 장수 도둑년'. 미소 패거리가 붙인 별명 덕에 영오는 교실 은따에서 전교 왕따가 되었다. 그 애는 더 이상 작은 눈을 치켜뜨고 남의 눈치를 살피는 짓 같은 건 하지 않았다. 누구와도 시선을 마주치지 않았고, 고개를 들지도 않았다. 영오는 자주 결석했다. 그 애가 졸업을 했는지 어쨌는지는 알 수 없다. 그 전에 미소가 보육원을 옮기고 전학을 갔기 때문이다. 안 좋은 때였다.

J보육원에서의 첫날이 영화 속 다음 장면처럼 펼쳐졌다. 텃세가 생각보다 심했다고 미소는 기억했다. 보육원 애들은 대놓고 미소를 무시했다. 그곳에서 새 친구를 만들 계획 따윈 없었으므로 따돌림 당하는 게 싫어서 싸움을 시작한 것은 아니었다. 미소는 화가 나 있었다. 하연이는 (너무 어리고 멍청해서) 생활지도원이 자기에게 무슨 짓을 하려 했는지 제대로 설명하지 못했고, 원장은 하연이를 도와주려 했다는 미소의 해명을 듣지 않았다. 미소는 피해가 돌아올까 봐 입을 다물고 몸을 사리던 친구들에 대해서도 분노했다. S보육원을 떠났어야 하는 사람은 정강이를 걷어차이고 팔뚝을 물어뜯긴 생활지도원이었다. 미소가 아니라. J보육원에 도착한 날 미소는 생활관이 어디냐는 질문에 대답하지 않은 애와, 식당에서 자신을 쩨려보던 애와, 자신의 운동화에 줄을 그려넣은 애와 미친 개처럼 싸웠다. 시비를 거는 애들이 없어진 뒤에도 분노는 계속 남았다.

　신기한 건 이젠 누구와 싸우고 싶은 마음이 전혀 들지 않는다는 사실이었다. 미소에겐 싸움을 불러일으키는 감정들이 남아 있지 않았다. 처음 겪는 일이었다.

　'오영오, 결국 별 의미 없는 이름이었구나.'

　미소는 덤덤하게 생각했다.

　다음 날 미소는 또 노인을 찾아갔다. 그러고는 아무 무덤이나 찍어 가리켰다. 노천석이라는 아이의 묘라고 노인은 기다렸다는 듯 말했다. 소문난 악동이었지만 결코 나쁜 아이는 아니었다고 노인은 말했다.

"동네 사람들은 그 애가 혼자 장난을 치다 우물에 빠졌다고 생각했지."

그건 사람들이 퉁퉁 불어터진 시체에서 망치 자국을 발견하지 못했기 때문이었다. 노인은 천석이가 무덤까지 가져온, 오직 그 애와 새아빠만이 알고 있던 진실을 조근조근 이야기했다.

미소가 나타나면서부터 백년나무의 시간은 노인의 이야기로 채워졌다. 이젠 산 자가 말을 하고, 죽은 자가 들었다. 실망한 채 구덩이로 돌아갔던 뼈 여인이 다시 백년나무 밖으로 나왔다. 여인은 미소 옆에서 함께 이야기를 들었다. 여인은 달그락 달그락 턱뼈를 흔들며 웃었고, 또 자주 울었다.

왕형호는 대답을 피한다

고깃집은 만원이었다. 긴 테이블은 단체 손님들이 차지했고 창가는 모두 예약석이었다.

"안 되겠는데…… 잠깐만요."

여자애가 홀 안을 꼼꼼히 살피더니 "이쪽으로 오세요" 하면서 산호와 백현우를 안내했다. 둘은 화장실 바로 옆에 있는 작은 테이블에 자리를 잡았다. 의자에 앉자마자 산호는 이곳에 온 걸 후회했다. 떠들썩한 대화 소리, 고기 굽는 냄새, 실내를 채운 뿌연 연기. 형과 마지막으로 함께한 자리도 바로 이런 식당이었다.

우리가 왜 만났던 걸까. 맞다. 산호가 살던 고시원 앞 김밥집이 임시 휴업에 들어간 날이었다. 다른 식당엔 혼자 가기가 싫어서 그냥 편의점에서 라면이나 먹을 생각이었다. 마침 형이 전화를 했다. 형은, 그러니까, 그저 동생에게 따뜻한 밥 한 끼 사주려고 했을 뿐이었다. 안 그랬다면 좋았을 텐데. 무거운 돌덩이가 산호의 가슴을 짓눌렀다. 그날 형과 만난 대가가 너무 컸다. 산호는 식당 출입문을 계속 노려보았다. 문이 열릴 때마다 밖으로 뛰쳐나가고 싶었다.

　백현우는 돼지갈비 2인분을 시키고 서빙하는 학생들을 유심히 살폈다. 누구를 찾는 눈치였다. 머리를 노랗게 염색한 여자아이와 눈이 마주치자 백현우가 손을 흔들었다. 노랑머리는 모른 척 고개를 돌렸다.

　"뜨겁습니다."

　귀를 다섯 군데쯤 뚫은 남자애가 숯불을 날랐다. 잠시 뒤 노랑머리가 반찬과 물잔을 가져왔다.

　"진짜 오셨네요?"

　노랑머리가 백현우에게 말했다.

　"응. 근데 여기……."

　"쉿!"

　노랑머리가 눈살을 찌푸렸다.

　"여기서 미소 얘기하면 안 돼요."

　"아니, 그게 아니고……."

　"저 오늘은 늦게 끝나요. 내일 저녁 아홉 시에 공원 입구 벤치에서 기다리세요."

　노랑머리는 재빨리 쟁반을 들고 사라졌다.

　"아, 난 물수건 없냐고 물어보려고 한 건데."

백현우의 말에 산호는 쿡 웃었다. 둘은 노랑머리가 다시 오길 기다렸지만 익은 고기를 잘라주러 온 건 다른 학생이었다.

"아무래도 내일 밤에 접선하셔야 할 것 같은데요?"

산호가 반찬을 뒤적거리며 말했다. 고기가 입에 들어갈 것 같지 않았다.

"뭐?"

"공원 앞에서 접선하셔야 할 것 같다고요."

"내가 약속을 잡은 것도 아니……."

"아이고, 이게 누구십니까?"

전형적인 드라마 대사를 외치면서 다가온 사람은 다름 아닌 왕형호였다.

"백 기자님이 여기까지 웬일이십니까? 근데 이런 구석으로 안내를…… 미선아!"

"아, 아니, 이 자리도 괜찮아요."

"미선아! 사이다랑 소주 두 병 가져와라."

일방적인 대화가 난무하는 곳이었다.

"지나가다가 후배랑 밥 먹으러 잠깐 들렀……."

"소주 한잔하시지요. 그렇지 않아도 제가 기자님한테 밥 한 끼 대접하려고 했는데. 지난번 신문에 나온 기사 덕분에 단체 손님이 엄청 늘었어요. 우리 애들도 제 얼굴 나왔다고 신기하다고……. 에이, 미선아, 큰 컵으로 가져와야지. 일단 한잔하시지요. 자, 이분도 한잔. 건배! 이번 주에 좌담회 한 건 언제 나갑니까?"

"크, 컥컥. 다음 주쯤 실릴 예정입니다."

갑자기 마신 소주 탓인지 백현우가 기침을 하며 대답했다. 왕형호는 백현우의 잔에 곧장 술을 채웠다.

"우리 불청모 회원님들 다 좋은 분들이에요. 저야 뭐 이렇게 보잘것없이 조그만 사업하면서 애들 돕고 있지만."

왕형호는 백현우를 잠깐 쳐다보다가 아무 반응이 없자 계속 말했다.

"자랑은 아니지만 여기 있는 애들 구십 프로가 내가 잡아주지 않았다면 밖에 나가서 계속 나쁜 짓 했을 거예요. 성우야, 박성우, 너 이리 와봐."

왕형호는 옆 테이블에 숯불을 넣고 돌아서던 아이를 붙잡았다.

"얘가 얼굴은 이렇게 얌전하게 생겼어도 벌써 전과가 있는 앱니다. 너 지금 몇 살이지? 뭐, 부끄럽긴 뭐가 부끄럽냐, 다 지난 일인데. 형도 그랬어, 인마. 남자답게 개과천선했잖아. 허허허. 그래, 가봐. 저쪽 테이블 불판 갈아주라고 하고. 자, 한잔하세요. 건배! 더 필요한 거 없으세요? 고기가 떨어졌네. 야, 여기 2인분 더 가져와. 오늘 제가 쏘겠습니다. 아, 참, 그 법에 걸려서 안 되나? 그럼, 음료수는 맘껏 드십시오."

왕형호는 자리를 뜨더니 환타와 콜라를 잔뜩 들고 돌아왔다. 겨우 잔기침을 멈춘 백현우가 왕형호에게 소주를 따라주었다. 왕형호의 손에 들린 소주잔이 장난감처럼 작아 보였다. 저 손에 한 대 맞으면 엄청 아프겠다는 생각을 하면서 산호는 자기 잔에 소주를 따랐다.

"일하는 애들이 꽤 많네요?"

백현우가 과장되게 주위를 둘러보며 물었다. 백현우는 왕형호의 덩치에 주눅이 들지 않은 듯 이런저런 미끼를 던지며 대화를 주도했다. 고기 한 점을 집어 먹고 소주를 마시면서 산호는 둘의 대화가 점점 인터뷰처럼 변해가는 걸 느꼈다. 왕 사장은 아무것도 눈치채지 못한 듯 자기 덕분에 마음을 다잡은 비행 청소년들의 이름을 자랑스럽게 들먹였다.

"이미소 학생도 아시지요? 여기서 일했다고 들었는데."

마침내 백현우가 본론을 꺼냈다. 왕사장의 얼굴이 갑자기 굳었다. 작은 눈이 더 작아지고 뺨은 더 부풀어 올랐다. 돼지살모사. 산호가 생각하기에 그보다 더 적절한 비유는 없었다. 왕형호가 상을 엎을 기세로 팔을 들어 올리자 산호는 깜짝 놀라 몸을 피했다.

"잘 알지요. 형편이 어렵다고 해서 제가 여기서 일하게 해줬으니까요. 정말 안타까운 사고였어요."

왕형호는 소주잔을 들어 솜씨 좋게 탁 털어넣었다.

"그 이미소 학생……."

"아!"

왕형호가 손바닥을 들어 백현우의 말을 막았다.

"제가 애들한테 늘 하는 말이 있거든요. 쥐구멍에도 볕 들 날이 있다. 지금 아무리 힘들어도 좌절하지 말고 기다려라. 포기하지 말아라. 참는 자에게 복이 있나니. 그 사고에 대해 물어보신다면 전달리 할 말이 없습니다. 그날 미소가 왠지 모르게 불안해 보이긴 하더라고요. 어디 아프냐고 물었는데 괜찮다고, 그래서 그냥 넘어갔지요. 그때 알아봤어야 하는데. 에구, 후회해서 뭐 합니까. 가슴만 아프지요. 총무님! 벌써 다 드셨어요? 아, 제가 바빠서 제대로 챙겨드리지도 못했는데."

왕형호는 단체 손님들이 일어서는 것을 보고 따라나섰다. 도무지 정신이 없었다. 백현우는 어느새 다른 테이블로 자리를 옮겨 수다를 떨고 있는 왕형호를 어이없다는 듯 쳐다보았다.

산호의 주머니에서 진동이 울렸다. 산호는 못 들은 척했다. 왕형호가 앉아 있던 자리가 횅하게 느껴졌다. 산호는 다 익은 고기를 계속 뒤집었다.

"방 수습, 전화 온 것 같은데?"

백현우가 말했다.

산호는 어쩔 수 없이 핸드폰을 꺼냈다. 짐작대로였다. 형…… 아니, 엄마였다. 산호는 전원 버튼을 누른 뒤 핸드폰을 주머니에 넣었다.

"잘못 온 거예요."

잘못 온 게 맞았다. 엄마는 형이 아니니까. 엄마가 이러면 안 되는 거니까.

산호가 화장실에 갔다 오자 백현우는 계산을 마치고 문가에 서 있었다. 아까까지 카운터를 지키고 있던 왕 사장은 어디로 갔는지 보이지 않았다. 일부러 백현우를 피한 듯했다. 산호는 백현우와 왕 사장 사이에 은밀하게 감돌던 긴장감의 정체가 무엇인지 궁금했다. 이미소의 죽음에 대해 의심하지 않는다면서 백현우가 굳이 이 곳까지 찾아온 이유는 뭘까. 진짜로 뭘 알고 있는 걸까, 아니면 또 헛다리를 짚고 있는 걸까.

"가자."

백현우는 정문으로 나가는 대신 산호를 끌고 뒷마당으로 갔다. 남자애 둘이 땀을 뻘뻘 흘리며 숯을 피우고 있었다. 한쪽에는 오토 바이 옆에서 담배를 피우며 잡담하고 있는 무리가 있었다. 복장으 로 보아 식당에서 일하는 애들은 아닌 듯싶었다. 백현우가 말을 붙 여볼 심산으로 다가가자 아이들의 표정이 험상궂게 변했다.

"나가는 길 저기예요."

한 아이가 꽁초를 튕기며 말했다. 말을 잘못 붙였다간 큰일 나 겠다 싶어 산호는 백현우를 붙잡고 돌아섰다.

둘은 천천히 식당가를 빠져나갔다. 평일이라 그런지 술집은 한 산한 편이었다. 음식점도 마찬가지였다. 어딜 봐도 우리형 고깃집 만큼 북적거리는 곳은 없었다.

사실 우리형 고깃집은 대박이 날 만한 식당이었다. 고기 질도

좋고 가격도 저렴했고 사장의 수완도 좋았다. 그런데도 산호는 다시 그곳에 가고 싶은 마음이 들지 않았다. 이상하게 기분이 안 좋았다. 형 생각이 나기도 했지만 단지 그것 때문만은 아니었다. 백현우를 따라 차가 쌩쌩 달리는 도로를 무단횡단하면서 산호는 곰곰이 생각에 잠겼다. 그리고 답을 알아냈다. 메뉴판을 들고 온 애, 숯불을 나르던 애, 화장실 청소를 하던 애, 잡담을 나누던 애. 그 애들의 얼굴에 웃음기가 전혀 없었다. 하나같이 날개를 새로 단 게 아니라 있던 날개마저 잘린 것처럼 어두웠다.

동이는 떠나지 못한다

매미들이 시끄럽게 짝을 찾았다. 산속의 밤공기가 선선했다. 여름이 막바지에 다다른 것이다. 노인은 오늘따라 유난히 한숨을 쉬었다. 심란한 마음을 감추기 위해 전보다 더 열심히 이야기를 하면서도 눈으로는 계속 백년나무를 살폈다. 이맘때면 잊지 않고 찾아오는 손님 때문이었다. 아직 오지 않은 걸 보면 백년나무를 영영 떠난 게 아닐까 하고 은근히 기대하는 마음이 있었다.

'그렇다면 다행인데.'

동이가 오지 않는 건 마음을 다잡았기 때문이라고, 드디어 훌훌 다 잊고 떠난 거라고 생각하고 싶었다. 노인의 간절한 바람은 무너졌다. 달이 백년나무 정수리를 막 비추는 순간, 뼈 여인이 동이의 손을 잡고 구덩이 밖으로 나왔다. 노인은 좌절했다. 동이는 아직 미련을 버리지 못했다. 진작 자신의 이야기를 털어놓고 떠났지만,

그러고 나서도 동이는 매년 백년나무를 다시 찾아왔다. 앞으로도 영원히 그럴 것이다. 노인은 동이의 고집을 꺾을 수 없었다.

'아뿔싸.'

동이의 천진한 얼굴을 본 순간 노인은 끔찍한 생각에 빠졌다.

'나는 저 애 소원을 들어줄 수밖에 없어. 천벌을 받겠지만, 모든 게 완전히 무너지겠지만 어쩔 수 없어. 나는 삶과 죽음의 경계를 넘을 거야. 그렇게 될 거야, 결국.'

"하, 하, 할아버디……."

동이가 말을 걸었다. 노인은 동이를 못 본 척하며 미소에게 하던 이야기를 계속했다. 입으로는 떠들고 있었지만 정작 자기가 무슨 말을 하는지 몰랐다. 동이는 옆에서 노인의 이야기가 끝날 때까지 참을성 있게 기다렸다. 동이는 그런 애였다. 착하고, 순하고, 그리고 믿기지 않을 정도로 고집 센 아이였다.

이야기를 마친 노인이 자리에서 일어났다. 무덤을 등지고 성큼 성큼 숲 반대편으로 갔다. 동이가 부르는 소리에도 뒤돌아보지 않았다. 막대기처럼 깡마르고 단단한 팔로 수풀을 헤치며 송전탑이 나올 때까지 한참을 걸었다. 노인은 4번 송전탑을 지나쳐 3번으로 향했다. 철탑이 생긴 이래 수백 번도 넘게 찾아온 곳이었다. 울적할 때, 괴로운 마음이 들 때, 외로울 때마다 노인은 50미터짜리 송전탑 꼭대기로 올라갔다. 그곳에 앉아 별을 보고 있으면 저절로 기분이 풀리곤 했다. 노인은 이것을 별 명상이라고 불렀다.

오래전 고향을 떠나온 별빛들이 오늘도 생생하게 빛났다. 은하수가 부드럽게 펼쳐진 하늘 끝자락을 잡고 한번 털어보고 싶은 충동이 일었다. 노인은 눈을 감았다. 하늘, 별, 우주…… 끝도 없이 펼쳐진 검고 텅 빈 공간을 그리면서 노인은 죽음 역시 그러하다고 되뇌었다. 그런 빈 죽음을 떠올리면 몸도 마음도 바닥으로 가라앉는 기분이었다. 모든 게 편안했다. 노인이 동이에게 찾아주고 싶은 것도 그런 죽음이었는데. 하지만 동이에게는 아직 무리였나 보다.

"할버디?"

노인의 감긴 눈꺼풀이 살짝 흔들렸다. 노인은 눈을 뜨지 않았다. 굳이 보지 않아도 고압 전선 위에 있는 동이를 느낄 수 있었다. 철탑 위로 제법 시원한 바람이 불었다. 곧 가을이 올 것이다. 그때가 되면……

"보, 고, 싶어."

동이는 말을 더듬지도 혀 짧은 소리를 내지도 않았다.

"나, 는 보고, 싶어."

아주 천천히 또박또박 말했다. 노인의 눈꺼풀 아래로 눈물이 고였다.

동이의 오랜 소원은 동생을 만나보는 것이었다. 갓난아기였을 때 헤어진 동생은 이제 중년이 되었을 것이다. 죽은 자가 산 자의 세계를 얼쩡거리는 것도 천벌을 받아 마땅한 일인데, 그 둘이 만나다니. 그 대가는 상상을 초월할 게 분명했다.

"동이야."

노인은 눈을 떴다. 동이 옆에 뼈 여인이, 뼈 여인 옆에는 미소가 있었다. 미소는 노인이 그랬던 것처럼 하늘을 향해 눈을 감고 있었다. 지금 벌어지는 일들과는 아무 상관없는 듯 무심한 표정이었다.

"그래야겠냐."

노인은 괴로운 듯 몸을 흔들었다. 하늘은 이미 온갖 폭력으로 자신을 벌하고 있었다. 그게 무서웠다면 애초에 주검들을 구덩이로 옮기는 짓 같은 건 하지 않았을 것이다. 그렇다면 지금 노인이 두려워하고 있는 이유가 무엇일까.

"꼭 그래야겠냐?"

노인의 말에 동이가 고개를 끄덕였다. 뼈 여인도 이유 없이 목을 까딱거렸다.

별똥별 하나가 깜빡 지나갔다. 노인은 동이를 가만히 쳐다보았다. 애초에 숲속 낭떠러지 밑에 버려져 있던 아이의 시신을 거둔 게 노인이었다. 노인이 아니었다면 동이가 백년나무의 시간 속으로 들어오는 일도 없었을 것이다. 결국 노인이 동이의 그리움을 깨운 것이다. 탓해야 할 사람이 있다면 바로 노인 자신이었다.

"그래. 그렇게 하자."

동이의 눈이 커졌다.

"저, 정말?"

"……."